BBC
DOCTOR WHO

The Good Doctor
神秘博士：美好博士

（英）朱诺·道森 / 著
王若晨 / 译

新星出版社 NEW STAR PRESS

DOCTOR WHO: The Good Doctor by Juno Dawson
Copyright © 2018 Juno Dawson
First published as Doctor Who: The Good Doctor by BBC Books, an imprint of Ebury, Ebury Publishing is part of the Penguin Random House group of companies. Doctor Who is a BBC Wales production for BBC One. Executive producers, Chris Chibnall,Matt Strevens and Sam Hoyle. BBC, DOCTOR WHO and TARDIS (word marks, logos and devices) are trademarks of the British Broadcast Corporation and are used under licence.
This edition arranged with Ebury Publishing
through Big Apple Agency, Inc., Labuan, Malaysia.
The Good Doctor Chinese edition copyright:
2020 Chengdu Eight Light Minutes Culture Communication Co., Ltd.
All rights reserved.
The Cover is produced by Woodlands Books Ltd.
著作版权合同登记号：01-2019-5007

图书在版编目（CIP）数据

美好博士 /（英）朱诺·道森著；王若晨译.—北京：新星出版社，2020.1
(神秘博士)
ISBN 978-7-5133-3797-7

Ⅰ.①美… Ⅱ.①朱…②王… Ⅲ.①科学幻想小说－英国－现代 Ⅳ.①I561.45
中国版本图书馆 CIP 数据核字 (2019) 第247863号

美好博士

（英）朱诺·道森 著；王若晨 译

责任编辑：	汪 欣
特约编辑：	姚 雪　康丽津
责任印制：	李珊珊
装帧设计：	付 莉　张广学

出版发行：	新星出版社
出 版 人：	马汝军
社　　址：	北京市西城区车公庄大街丙3号楼 100044
网　　址：	www.newstarpress.com
电　　话：	010-88310888
传　　真：	010-65270449
法律顾问：	北京市岳成律师事务所

读者服务：	010-88310811　service@newstarpress.com
邮购地址：	北京市西城区车公庄大街丙3号楼 100044

印　　刷：	北京华联印刷有限公司
开　　本：	910mm×1230mm　1/32
印　　张：	8
字　　数：	90千字
版　　次：	2020年1月第一版　2020年1月第一次印刷
书　　号：	ISBN 978-7-5133-3797-7
定　　价：	38.00元

版权专有，侵权必究；如有质量问题，请与印刷厂联系更换。

献给斯图尔特,

你告诉我这一切皆有可能。

1

通过坦克上的显示器,奥莉克丝将军用她那敏锐的黄色双眸仔细查看着废墟。坎达曾一度是座骄傲而美丽的城市,现如今却遍地瓦砾,只剩下一些房屋、寺庙和商店焦黑的骨架勉强立在那里。

战争将会在破晓前终结,洛巴人将会夺回属于自己的世界。"灰狼星是属于洛巴人的!"她常对自己的部队如是说。

坎达是抵抗军的最后一座要塞,而奥莉克丝的部队已将这里团团围住。坦克长驱直入,沿着布满碎石的道路颠簸前行。除了她这支小队,其他的队伍也都在向城中步步逼近。那些人类渣滓将无处可逃。

"奥莉克丝将军,"布隆上尉报告,"上空出现敌情。"

奥莉克丝查看了一下雷达。果然,一架类似某种无人机的小型飞行器正在向他们靠近。"那是什么东西啊?拦截下来,把它击落。"虽然坦克内只容纳得下两个人,但是坦克外有数百名步兵护卫左右。士兵们已经做好准备,只要她一声令下,他们就会对坎达广场左翼发动突袭。

"停下!"巨大的声音从坦克的每一个扬声器里传了出来。

奥莉克丝赶紧捂住耳朵,布隆则一把扯下戴着的耳机。最后几盏亮着的街灯闪烁了几下,熄灭了。坦克因引擎熄火而不再向前,扫描仪的屏幕也暗了下去,直到接入辅助电池它才又重新亮了起来。

"那是谁?!那声音是从哪儿来的?!"奥莉克丝怒吼道,她的眼睛在昏暗的坦克里闪烁着愤怒的光芒,"你为什么把坦克停了?"

"将军,不是我!控制器全都失灵了,动也动不了。"

"探照灯在哪儿?给我点儿亮光!"她所能想到的情况只有人类把他们光秃秃的爪子伸向了外星科技领域。"还有,给我击毁那架无人机!马上!"

"武器系统处于离线状态。"

奥莉克丝的心怦怦直跳。这不可能,抵抗军不可能有这种手段。

"是我!请停火!"

这个声音对奥莉克丝来说是如此熟悉。

"将军?"布隆小声地说,"这听起来像是……"

"停止攻击,立刻停下!"她通过通信系统高声说,"各小队注意,停止攻击!这是命令。完毕。"

坦克的能量还够开启探测器，奥莉克丝便用它扫掠了整片区域。两轮太阳从东方缓缓升起，把天空几乎染成了紫罗兰色。坦克和摩托车都停了下来，飞扬的尘土也渐渐落回坎达广场的地面。天空中有一架圆球形无人机闪着亮光，它盘旋在空中，仿佛在等待她的下一步动作。

"那是什么装置？"奥莉克丝咆哮道。

"不清楚，将军。扫描仪识别到那并不是人类的科技。"

"它是武器吗？"

"我……我不知道，将军。"

"妈妈！"他的声音又一次在他们的耳边猛然响起，"求您了，我们能谈一谈吗？"

空无一人的街道上突然出现一阵骚动。有一只井盖被掀起来，滚过街道，然后哐当一声倒在了地上。"先别开火！"奥莉克丝一边竭力使声音保持平稳，一边命令道，"所有枪口对准下水道。"

"有人要出来了。"布隆告诉她。

临时充当白旗的棉质衬衫绑在一根竹棍上，从下水道里伸了出来。衣服上写着一行黑字：弗兰基叫你放松些[1]。那是人类的字迹。

---

[1] 衣服上的流行语的出处是英国"弗兰基去好莱坞"乐队推出的单曲《放松》。

"他们投降了，"布隆低声说，"我们赢了。"

"你在这儿等着。给我打开舱门。"

"可是将军，他们可能有毒气弹或者……"

"开门！"

伴随着一阵嘶嘶声，舱门解锁。奥莉克丝转动把手，打开了舱门。外面是漫天的沙尘，空气中弥漫着刺鼻的烟味儿和火药味儿，她拉起围巾蒙住口鼻。当看到阿维拿着旗子从下水道里钻出来的时候，奥莉克丝竭尽全力才克制住大叫着跑向他的冲动。

她以为他很久以前就死了。

可是现在，他活生生地站在那儿。在阿维身后，一名女性人类也爬到了布满碎石的路面上，她一头黄发，身穿灰色的长大衣。她看起来一点儿也不像个士兵，从她穿的五分裤就能看出来。这个女人踉跄地走到广场上，高举双手以示投降。一名年长的男性人类跟在她身后，看起来十分眼熟。他是抵抗组织的首领亚历克斯·布莱恩。

奥莉克丝察觉到狙击手架起枪的微弱响动。她的士兵们已经从四面八方把他们团团包围了。

"我说了不准开火，不然我就剥了你们的皮！"她大喊道。她不会拿自己唯一的儿子去冒险，特别是此刻她有了第二次机会。这一切是怎么回事？这怎么可能？

奥莉克丝从坦克的前端滑下来，跳进了废墟之中。她确认布莱恩没有拿枪，但这并不能说明什么，他的手上已经沾了太多太多洛巴人的血。

"妈妈。"阿维开口道。

奥莉克丝什么也没说，因为她无法保证自己不哭出声，而在自己的部队面前流泪是不可原谅的。她的男孩长大了，他已经比她还高了。但毫无疑问，他们依旧是一对母子，拥有同样的眼睛和同样浓密而蓬乱的栗色毛发。

"妈妈，我——"

女性人类突然打断他的话，走到母子二人中间。离近了一看，她体型瘦小、古灵精怪。"抱歉，你能先看看这里的状况吗？"她一边转圈，一边朝废墟挥了挥胳膊，"看看这一团糟！"

她越转越近。奥莉克丝举起了枪，"站在原地！不许动！"

"可是，看看这一团糟！"她又重复了一遍，眼睛睁得大大的。奥莉克丝想知道她是不是喝醉了。

"我不会警告你第二遍！"这一次，她几乎是在命令了。女性人类却不知怎地凑到了她眼皮底下。

"看看这里。"

"你什么意思？"

"就像我刚刚说的，看看这一团糟！"

奥莉克丝哼了一声。这是她第一次低头看自己的脚下，在她闪闪发光的靴子周围，来自旧集市的各种物品散落一地。

黄发女人蹲下去,瞬间又跳起来,手里拿着一只有豁口的杯子,"你看。"

奥莉克丝叹了口气,她可没工夫管这个,"这是个杯子。"

"这是个蓝色的杯子。"

"我看到了。"

"它也许曾属于某人,你觉得呢?"她指了指废墟,"我猜它来自其中一间房子。我在想,也许它是某人最喜欢的杯子;我在想,也许每天早上起床之后,某一家人会用他们最喜欢的蓝色杯子泡一杯甜美的茶,从未间断。如果我不能用自己喜欢的杯子泡茶,我这一天都过不好。你呢?"

"什么?"

"我最喜欢喝约克郡茶[1]。你呢?"

远处,在坎达城的另一边,亚兹和莱恩俯身潜入了漆黑的无线电塔。塔内散发着一股潮湿的霉臭味,水顺着发黑的墙壁流下来,风呼啸着穿过走廊,人在高处感觉整座塔好像在狂风中前后摇摆。

亚兹尽量不去理会晕船般的恶心感,她几乎不敢相信爱德华兹居然让这堆废铜烂铁起作用了。这名年轻的士兵举着他的双筒

---

[1] 英国知名红茶品牌,创立于1886年。

望远镜,正透过破碎的窗户向外看。亚兹心想,他最多也就十四岁。他的迷彩服破破烂烂、极不合身,都快把他整个人给盖住了。

"信号正在传输。"他说,"声音将传遍整颗灰狼星,让所有人都能听到。"

"让我看看,"亚兹拽了拽莱恩的胳膊,"别光你自己看。"莱恩的手机不知怎地接收到了无人机传回的转播。"它在每一个可用的频率上播放,无论音频还是视频,各种形式都行。"莱恩说。博士在塔迪斯的仓库里发现了那架无人机,然后教爱德华兹把它加载进了旧无线电网络。但是据爱德华兹说,无线电塔已经很多年没用过了,残存的设备就是一堆生锈的废铁。不过爱德华兹还是想办法把设备修好了,用它来接收和传输信号足够了。

"太好了!"亚兹说,"但是,让我看看。"

"你是不是忘了什么?"

亚兹喷了一声,"'请'?"

莱恩把手机屏幕倾向她的方向,亚兹看到了无人机拍到的画面。屏幕上,博士、格兰姆、阿维和布莱恩正在同某人说话,她猜那人就是奥莉克丝。亚兹早已听过关于她的许多故事。

她冲莱恩皱起眉,"不过,她拿着那个杯子干什么?"

黄发女人踢着脚下的碎石。她的手快速地伸出去,这次她抓起了一个相框。"相框总是能打动我的心,"她说,"特别是在二十世纪之后，所有东西都数字化了。你得好好深思熟虑一番，才会打印某人的照片放进相框里，对吗？"

她用袖口擦了擦破裂的玻璃，"我很好奇照片上的人是谁。我是说，如果相框已经有半截埋在了土里，那照片上的人应该也不在世了，对吗？"她把相框轻轻丢到奥莉克丝脚下，"顺便一提，这是一家子洛巴人，如果你想知道的话。也许，这不是全家福照片，可能是相框出厂时自带的照片。"

"你是谁？表明你的身份。"奥莉克丝要求道。

"妈妈，听她说吧。"阿维劝道。

"我目睹了太多场战争，"这个女人继续在废墟中踱步，她的脚下带起了一片尘土，"我所知道的绝对放诸四海皆准的道理就是：如果你停下来盯着废墟看大约六十秒，你就会发现——这个！"

她变戏法似的拿出一个脏兮兮的毛绒玩具，"独眼的泰迪熊。"

"扔掉它！"奥莉克丝喊道。这种本能反应让她立刻觉得自己有点儿蠢。

"它并不会伤害人！"这个女人开始大喊起来，她的笑容和友好的态度都不见了，"就像它的主人一样！"

黄发女人走到奥莉克丝跟前，把后者的枪推到一边，"这东西不会起作用了。我的小无人机在空中发射了一道电磁波，恐怕你们方圆一英里以内的所有设备都失效了。我尝试与你沟通，但你握着枪是无法说话的,因为它已经替你把话说完了。"

奥莉克丝咆哮一声,露出她的尖牙,"我赤手空拳也能杀了你,人类。"

"为了什么?况且我并不是人类。"

"为了……"奥莉克丝发现自己答不上来。

"几个小时之前我才来到这颗星球,所以你可不可以跟我解释一下这一切是为了什么?你们为何而战?你会惊讶地发现有多少士兵早已忘记初衷。"

奥莉克丝真想在黄发女人瘦巴巴的脖颈上咬上一口,如果她的祖先在这里,可能早就这么做了。她拼命克制住这种强烈的欲望,"人类……"

"人类怎么了?"

"人类抢走了我们的领土。"

布莱恩向前一步,"这是谎言!我们是合法正当地住在这儿——"

"先让将军说完好吗,布莱恩先生?会轮到你说的!"黄发女人说完又转向奥莉克丝,死死地盯着她,"他老是重复那一句话。奥莉克丝将军,请你告诉我人类做了什么,我听着呢。"

"好吧。"奥莉克丝恼怒地举起双臂,"移民条款是在两代人以前商定好的,灰狼星准许一千名人类移民至此。但是,他们的人口开始增多、繁殖、扩张。"

"然后呢?"

"然后什么?"

"人类有什么问题吗?"

奥莉克丝一时找不出合适的词语,"这……这是我们的星球!"她一说出口就后悔了,感觉自己就像是幼崽时期的阿维一样,不愿和表兄妹分享玩具。

黄发女人竟露出一丝狡黠的微笑,"那这里的东西够分吗?食物充足吗?药品充足吗?住所充足吗?善意——充足吗?"

奥莉克丝什么也没说,把脸转了过去。

"告诉我,奥莉克丝将军。告诉我,布莱恩上尉。为什么这颗星球上的所有人都得死呢?你们有什么正当的理由吗?"她又蹲了下去,从一片残骸中捡起一只孩子穿的红色塑料靴。她分别在奥莉克丝和布莱恩面前挥了挥这只靴子,"有吗?我在等你们的回答!"

两位首领都没有回答。

"战争中从没有真正的赢家。"这个女人低头看着一片狼藉,眼含哀恸。奥莉克丝几乎不忍心看下去。

阿维来到她的身边,"妈妈,这场战争必须停止。"

"我以为你死了。"奥莉克丝低语道。

"显然没有。你还记得我的同学凯茜吗?"一名人类女孩从下水道里爬了出来,她有着黑色的卷发和深色的皮肤。奥莉克丝隐约记得这张脸。在法律修改之前,当学校还是混合制的时候,她和阿维一起上过学。"我们已经结婚了。"阿维说。

奥莉克丝感觉像是有人一拳打在了她的肚子上。可在她反应过来之前,又发生了一件更加意想不到的事情:当凯茜站起来时,奥莉克丝看到她的怀里抱着一只幼崽。不可能,人类一般只能生出婴儿。但这小家伙的爸爸是洛巴人,谁知道呢?这真是前所未有。"阿维……这怎么可能呢?"

"这就是我离开你的原因,妈妈。我觉得你会杀了我的妻子和我的孩子。"

"不!"奥莉克丝说,"我……你就是这么看待我的?"

黄发女人又开口了。"灰狼星的人们!"她张开双臂,对着天空说,"我知道你们都在听,感谢我非常聪明的朋友莱恩和亚兹帮了我的忙。所有还活着的人,无论是洛巴人还是人类,现在都给我听好了,因为我实在是说烦了,烦不胜烦。你们现在面临一些选择:和平还是战争?生存还是死亡?和睦还是仇恨?我从不理解为什么这些竟然还需要讨论,该死的,这太显而易见了!"

"她实在是不怎么会措辞,对吗?"有一头灰发的人类老头终于开口了。

"很多人都在这场战争中死去了。而你,还有你——"黄发女人指了指奥莉克丝和布莱恩,"有权力宣告'停止'。"

奥莉克丝看到凯茜站到阿维身边,她的手牵起了他的爪子。

"到此为止,好吗?"灰发老头说。

然后黄发女人对着奥莉克丝轻柔地说:"还有另一种办法,接受它吧。"

在无线电塔内,莱恩和亚兹看着手机播出的画面。"发生了什么?"莱恩问,"为什么听不见他们说了什么?"

"呃,因为你也喋喋不休地一直在说话?"亚兹笑着说,"我不知道。"

通过手机屏幕,他们看到阿维投入了他妈妈的怀抱,奥莉克丝将军紧紧地抱住他,把自己的脸埋在儿子的肩上。

"她做到了!"莱恩欢呼,"博士真的做到了!我真不敢相信!"

"我可相信。"亚兹咧嘴笑着说,"天哪,她真棒!"

一阵狂风袭来,吹得整座塔朝左侧倾斜。"哇!"莱恩倒向亚兹,然后两人一起倒在地上滑向墙边。

"这里还安全吗?"亚兹喊道。

"快出去,"爱德华兹说,"我们得赶紧在整座塔倒塌之前出去。"

好吧,这也算是回答。亚兹一跃而起,莱恩赶紧跟在她的后面。"等等我!"他说。如果没人在他掉下去时抓住他,他可不想走楼梯。即使在最安全的时候,他也不喜欢走楼梯。

"听到啦。"亚兹一边下楼,一边嘟哝道。

匆忙之间,没有人注意到莱恩的手机掉在了调音台的下面。

2

这是一个美丽的黄昏,一大一小两轮太阳开始沉入大海。塔迪斯停在了一家酒馆外面。这一片是洛巴人的领土,当地人称之为新镇。坎达城的另一边是人类移民营地,那里的环境肮脏不堪。内战的铁拳将这片城区摧毁得十分严重。可爱的渔业小镇和人类居住的陋室有着天壤之别,格兰姆觉得心里很不是滋味,即使连喝了三杯浓稠的甜酒也没有缓解多少。

当博士忙着帮两边达成和平协议的时候,格兰姆、莱恩和亚兹正在酒馆前的露台上享用着杯中的红酒和一大盘食物:咸肉、鱼肉、新鲜出炉的热面包,还有同时具备青柠和橄榄口味的奇异紫色水果。这真是漫长的一天,而且他们还有很多事情要做,但至少布莱恩和奥莉克丝放下手中的武器准备谈一谈了。格兰姆觉得事情开始走上了正轨。

到他们该离开的时候了,差不多到看《零分至上》[1]的时候了。

---

1. BBC的一档益智问答节目,播出时间为英国当地时间下午五点十五分。

随博士怎么解释时间旅行的原理,在格兰姆的世界里,五点十五分是看《零分至上》的时间,六点整是吃晚餐的时间,这时候他哪儿也不去。当格蕾丝[1]还在世时,他们就保持着每日的惯例,那样做才让他觉得生活仍走在正轨上。

"这儿太美了,对吗?"亚兹说,她的双脚搭在椅子上。

"是啊,我希望这里能一直这么美。"

"会的,"亚兹说,"我们已经把事情解决了。"

酒馆大门向外打开,大家都从里面拥了出来,博士走在最前面。

"都搞定了?"格兰姆问。

凯茜给了他一个大大的拥抱,"是的。谢谢你,格兰姆。谢谢你所做的一切。"

"我只是做了点小小的贡献。"

她把手搭在自己的大肚子上,"是的!你说的关于你和妻子不是同一个物种的事情。"

"我可没说过这个,亲爱的!我说的是不同的人种!这俩可差远了!"

"总之这对我来说意义重大。"

格兰姆笑了,回给她一个拥抱,"不用谢。"

---

[1]. 格蕾丝·奥布莱恩是莱恩的奶奶,她的第二任丈夫是格兰姆。

博士牵起布莱恩的手,然后把它放在奥莉克丝的爪子上。"你们两个——太棒了!"她说,脸上堆满了笑容,"你们知道今天死了多少人吗?一个也没有!这全是因为你们。太棒了!"

"谢谢你,博士。"奥莉克丝说。

"继续保持,现在就由你们做主了。让你们的名字在史书上熠熠生辉吧!"

阿维紧张地站出来,举着一台笨重的相机,"那个……可以照张相吗?"

"当然可以!"亚兹答道。

博士哼哼了几声,但还是站到了队伍的边上挨着凯茜。格兰姆站在奥莉克丝和布莱恩的中间,为大家感到非常自豪。"笑一笑!"阿维说。相机的闪光灯亮了一下。

莱恩和亚兹同阿维、凯茜还有爱德华兹一一道别。他们这些人将建造一颗全新的灰狼星。

"你们几个快点儿,灰狼星上的人们还有一大堆事情要做呢!"博士说,"而且我认为是时候放手让他们自己去做了。"

"祝你们好运!"亚兹说着,走进了塔迪斯。

莱恩跟着她走了进去,"再见啦!"

"你们要互相照顾,好吗?在我们的星球有句老话:狗是人类最好的朋友!"格兰姆笑了起来,他对自己开的小玩笑很满意。这可是一颗满是大狗的星球!他为了说这句话等了快两天了。

017

"一、二、三。"博士数了数,格兰姆在她旁边转悠,"好了,人都到齐了!我们继续上路吧。"

布莱恩皱起眉,"你们全都要挤进那里面吗?装得下吗?它就是个盒子。"

博士笑着冲他眨了眨眼,"告诉人们这是一个神奇的盒子,这种说法总是很受欢迎。"

"但是博士,"奥莉克丝问,"如果我们需要你的帮助怎么办?世事难料,如果……"

博士竖起一根手指,"别管什么'如果'。未来是你们的,需要你们自己创造。如果我不得不回来,那就有麻烦了。现在——你们都表现好点儿!"

博士露出一个灿烂的笑容,然后低头走进了她的蓝盒子里。门砰的一声关上,一两秒后,一阵呼哧呼哧的轰鸣声充斥在黄昏的空气中。盒子从人们的视线里消失了。

奥莉克丝看向布莱恩,"她是谁?"

"我不知道。一位陌生人和她的朋友们,他们来这里拯救了我们所有人。"

莱恩喜欢看博士与塔迪斯共舞。有时候博士跳的是捷舞[1],

---

1. 由摇摆舞演变而来,国际标准舞中的五种拉丁舞之一。

对着控制台跳来跳去、戳来戳去；有时候她跳的更像是华尔兹，缓慢又从容；今天她跳的似乎是弗拉明戈风格的舞蹈[1]，还加上了眼花缭乱的手臂动作。

"希望这解决了你们的争论。"塔迪斯隐形时博士说。当他们穿越时空的时候，时间漩涡开始旋转。

亚兹皱起眉，"什么争论？莱恩说狗比人类聪明？"

博士睁大眼睛，"对，但我想我有力地证明了两者一样聪明。讨论结束。"

"她让你没话说了吧？"莱恩用胳膊肘轻轻捅了亚兹一下。

"好吧，我欠你五英镑，无所谓啦。"

格兰姆疲倦地摇摇头，脱掉鞋子揉了揉左脚。"博士，你过的这种生活太疯狂了，完完全全的疯狂。"他的脸上突然露出灿烂的笑容，"完完全全，懂吗？"

博士也笑了，她拉起控制台上的一根操作杆，"嗬，格兰姆，你跟着我们太浪费才华了，你该站在舞台上表演。实际上，这个故事挺有意思的。还记得小狗莱卡[2]吗？那只被送入太空的可怜小家伙，它的DNA最终进化出了洛巴人。"

亚兹目瞪口呆，"什么？不可能吧？"

博士的眉毛一挑。

---

1. 一种源于西班牙的即兴舞蹈。
2. 史上最早进入太空的动物之一。

"说得跟真的一样!你是在逗我们?那不可能!"

"不可能吗?"

博士给了莱恩一个狡黠的微笑,但莱恩不知道博士到底是不是在开玩笑,关于她谁也说不清。他想知道地球上现在几点了。当奥莉克丝和布莱恩起草和平协议的时候,尽管他在酒馆吃了点东西,但此时此刻还是饿极了。不知怎的,不管塔迪斯去哪儿,莱恩的手机一直显示着谢菲尔德时间[1]。他拍了拍兜帽上衣的口袋,又摸了摸牛仔裤的裤包,可就是没摸到那个熟悉的长方体。

他的心一沉。这种糟糕的感觉就像是你站在超市的自助收银台前,却发现自己的钱包落在了家里。

"天哪!"

"怎么了?"亚兹问。

"你拿我手机了吗?"

"我为什么要拿你的手机?"她瞪大眼睛说道。然后,他俩同时意识到他最后一次拿着手机是在什么地方。"天哪,莱恩,你该不会?"

莱恩快速绕着控制台转了一圈,想确认有没有把手机放在上面,但哪里都没找到。

"怎么了?"博士问。

---

1. 莱恩来自英国谢菲尔德。

"他把手机弄丢了。"亚兹回答,"又一次。"

"莱恩!伙计!"格兰姆叹了口气,"你上周刚买的那部手机。"

"我知道!我知道!"莱恩实在是不擅长保管手机,他常常怀疑自己是不是受到诅咒了。他还记得在上一部手机掉进浴缸之后,他还跟奶奶借了点钱才买了部新的。当时他在浴室……嗯,还是少说为妙。"博士,我们得回去。我没钱买新手机了。"

博士看起来兴致并不高。莱恩一直认为她更喜欢往前冲。

"求你了。它还是全新的,连屏幕上的那块塑料膜什么的还没揭下来呢。求你了,求你了,求你了!"

"好吧!"她将了捋蓬乱的头发,"你知道在哪儿丢的吗?"

"知道!在无线电塔的控制室。"

博士想了想,"哦好吧。那座塔不太稳固,我会在塔脚下让塔迪斯现形,然后我们把手机取回来。速战速决,明白吗?"

"明白!"

她微微皱起眉,"洛巴人和人类还有很多事情要处理,而我不打算'插手',不管这个词到底是什么意思。说实话,我从没有百分之百弄明白过。"博士把操作杆拉到另一边,又查看了一下显示器。

格兰姆试探性地举起一只手,"头儿,我们还是赶得上看《零分至上》的,对吗?"

当塔迪斯降落时,中央立柱呼哧呼哧地停了下来。博士露出了微笑,"亚兹,你来跟格兰姆解释解释时间旅行是怎么回事,好吗?我们五分钟之后就回来。"她牵起莱恩的手,"来吧,让我们像忍者一样来一次回访。"

博士和莱恩走出塔迪斯,走进夜晚的空气中。不管在哪儿着陆,当从飞船里走出来的那一刹那,莱恩都有种奇怪的感觉,就像是从泡泡里走出来而不踩爆它一样。

但是,为什么是晚上?这里一片漆黑,他们离开的时候明明是夏天的黄昏。

"奇怪,"博士说,"我们一定是在时间线上跳多了,比离开的时候又晚了几个小时。"

"或者早了几个小时?"

"希望不是,我并不想遇上昨晚的我们。这种悖论从来都不太有趣。"

博士勘察了一下这片区域,发现塔迪斯好像是在新镇某个铺满鹅卵石的广场上现了形。灰狼星的环境让莱恩想到和朋友在克里特岛[1]度过的糟糕假期——那种气候,还有布满岩石的山脉一路延伸至大海。在他仅存的记忆里,那里到处都是柠檬果园,而灰狼星也一样,这里遍布着果树,上面结着他所见过的最奇异的

---

1. 位于希腊南端,爱琴海中最大的岛屿。

紫色果子。灌木丛和藤蔓里有东西在唧唧叫,他希望那只是蟋蟀。他再也不把诸如此类的事情视为理所当然了。

"这里没有无线电塔。"他说。

"我知道。"博士摸了摸塔迪斯的外壳,又轻轻拍了一下,"人无完人,莱恩。塔就在山坡的另一边,对吗?"

"对。"

"那我们走吧!"

"要我查一下地图吗?"

博士同情地看了他一眼,然后穿过广场朝陡峭而蜿蜒的山路走去,那条路通向山坡另一边。"莱恩啊莱恩,第一,我的方向感仅次于义愤感;第二,我们之所以回来,是因为你把手机弄丢了。"

"是,有道理。"

尽管莱恩比博士高出许多,但在执行任务的时候,他却总是要费很大的力气才跟得上她——只因她浑身充满无限的活力,和他自己的运动障碍毫无关系[1]。

博士突然停住脚步。莱恩一头撞在她的背上,"哎哟!对不起!"

"不,"博士说,"不,是我的错。"她似乎在盯着天空——

---

1. 莱恩患有运动障碍。在新版《神秘博士》第十一季第一集中,他不会骑自行车。

天上挂着三轮大小各异、弧度相似的新月。

"什么？怎么了？"

她面色苍白，"莱恩，你发现有什么地方不太一样吗？"

他向四周张望，新镇的一切看起来还是一个样，"没有。"

博士翻了个白眼，然后抓住他的肩膀，把他的身体转向正确的方向，"看那儿！"

"天哪！"

"没错。"博士敏锐的目光穿过夜色，"那东西是从哪儿冒出来的？"

在地平线上赫然耸立着一座巨塔，它俯视着整座城镇，几乎和一栋大楼一样高。即使在黑暗中，莱恩也能看出它的外墙刷成了深蓝色，顶上还有几扇巨大的方形窗户。

"让你想起什么没，莱恩？"

绝对错不了。

那只会是塔迪斯。

3

莱恩直愣愣地看着那栋建筑,"那……那应该是……"

"我认为只是有可能。"博士顿了顿。她的双脚换来换去,跳了起来。莱恩知道这也是一支舞,叫作《我们是逃离这里还是朝它跑过去》之舞。而且,他非常清楚她会选哪一个。"来吧,我们就过去看一眼。我不相信的事情只有两件,其中一件就是巧合。"

她又开始往山上爬,速度比之前更快。

"那另一件呢?"

"妖精。其实不能把话说死,好吧,我不相信的事情只有一件。"

莱恩很快就上气不接下气,加大了步伐才跟上她,"我们不需要回去和其他人说一声吗?"

"不了,他们在下面十分安全。这只会耽误一两分钟。我是说,我没办法不去管一栋长得和塔迪斯一模一样的巨大建筑,但我特别不想让任何人知道我们回来过。他们只会请我们喝杯茶,吃块柠檬糖衣蛋糕，而我们还有别的地方要去。我觉得我们就是在时间线上跳多了。"

"有多久？"

"这是个好问题。无论如何，时间一定久到足以让他们建造出那栋建筑了。我猜那是座和平纪念碑。莱恩，看哪！我们提早名垂青史了！我喜欢这样！我们去快速地看一眼，感受一下内心的喜悦，然后去取你的手机。"

莱恩停下来把双手搭在屁股上。夜空温暖无风，他脱掉了兜帽上衣。"如果我的手机还在那儿的话，可能都过了五十年了！"

"说得对。我们之后可以再回到对的时间，很容易的。来吧，别慢吞吞的！我比你大两千岁，而我可没上气不接下气呢！"

亚兹平躺在塔迪斯的地板上。

"每日鲜渔还可以，"格兰姆接着说，"开在帕尔默路的那家。但他家的面糊总是有点稀，你懂我的意思吗？鳕鱼老爹家的脆度则把握得刚刚好，而且他家是弄碎了的。"

亚兹一跃而起，"他们怎么还没回来？"她有些烦躁，关于外卖的话题她一秒都不想再继续了。她查看了塔迪斯控制台上的几个读数，轻敲了一下表盘，时间传感器[1]向后摆动。现在不太

---

1. 用于检测时间场中是否存在紊乱。

对劲,他们在时间旅行吗?这应该发生吗?她还在不断学习塔迪斯是如何运行的。

在培训的第一天她学到了一件事,那就是作为警员要一直相信自己的直觉。现在,她的第六感告诉她事态有些严重,她的直觉还从未让她失望过。"我要出去找他们。"她转身向大门走去。

格兰姆皱起眉,"是吗?怎么又是这样。"

"你这是什么意思?"

他非常怀疑地看了她一眼,"我们就像《史酷比》[1]里演的一样,全都分头行动去找线索,而那部剧的结局总是不太好。"

他的观点有理有据。亚兹笑了,"我只是想确保一切正常。如果你愿意,你可以在这儿等我。"

格兰姆一把抓起夹克,"没门儿。走吧,我们要待在一起。"

"我就知道!"亚兹带头走出塔迪斯,重新踏上灰狼星的土地。这是一个潮湿的夜晚,蟋蟀和蝉争相鸣叫,好像小型墨西哥乐队一样。她不认识眼前的广场:某种果园坐落在一圈商铺和货摊中间,在晚上的这个时候看起来有些荒凉,空气中飘荡着早先她在酒馆尝过的紫色酸果的甜香味。"博士?莱恩?"她用有意让别人听得见的低语说道。

"我们大老远跑这儿来干吗?这不是城镇的另一边吗?"格

---

[1] 美国知名电视动画及电影,主角是一只会说话的大丹狗。

兰姆说着又脱下他的夹克和围巾,穿过塔迪斯的门把它们扔了回去,"为什么她不直接停在那座塔的外面?"

亚兹的直觉又一次告诉她情况不太对,事态比塔迪斯不如32A路公交车靠谱更严重。她知道博士告诉过她待在原地别乱跑,但是,如果她和莱恩有麻烦了呢?还有谁会去帮他们?如果他们没遇上麻烦,那就当这是一次夜间散步。她隐约记得那座荒废的无线电塔在内陆地带,就在山坡的另一边。不管怎样,它丑得那么显眼,根据它找到他们应该不难。"我们上山吧。"她对格兰姆说。

亚兹在警察学院还学到的秘诀之一是,即使你没有自信,也要表现得有自信。所以,她自信满满地出发了。

刚走到广场拐角,她就一把将格兰姆推到了灌木丛的后面。"喂!"他叫道,但亚兹更关注的是一架加速向她飞来的无人机。

"趴下别动!"她低声说着,抬起手挡住无人机探照灯的灯光。据她观察,它跟厄班卡人[1]的无人机很像。早先她曾和莱恩把厄班卡人的无人机从塔迪斯里拿出来,用来干扰无线电信号。不过这一架更大,而且浑身布满看起来很可怕的生锈尖刺。

"说真的,格兰姆,待在后面!"她不动声色地对他说。

"不许动!"它用单调而呆板的声音说道,"表明身份。"

---

1. 绿色皮肤的类人生物,拥有非常先进的技术,首次出场于老版《神秘博士》第十九季第二集。

哦，它不但外形变了，还学会了说话。

亚兹举起双手，一边朝塔迪斯一点点挪回去，一边说："我……我是亚兹，全名是亚斯明·可汗。我没有携带武器，也没有恶意。"她看到格兰姆想从灌木丛里钻出来帮她，便对他暗中微微摇摇头。她如果跟它谈不妥，那他就是她唯一的希望了。格兰姆犹豫了一下，还是照做了。

一束闪烁的微光扫描她的全身。"你是人类女性。"

"对，是的。"

亚兹继续往后撤，"我什么错事也没做。我这就走。"

"不许动！依据《律法之书》第三章第二节：在没有丈夫或父亲陪同的情况下，女性禁止在天黑后离家。"

这是认真的吗？"什么？"

"依据《律法之书》第三章第二节：在没有丈夫或父亲陪同的情况下，女性禁止在天黑后离家。"

"是，我听到了。"塔迪斯一定是不知怎地回到了过去，这听起来应该是几千年前的律法了。她看到格兰姆还蜷缩在酸果灌木丛中。"我要回到我的盒子里了，行吗？"

"站住！若拒不执行，你将被逮捕。"

"我什么也没做错！"

"依据《律法之书》第三章第二节：在没有丈夫或父亲陪同的情况下，女性禁止在天黑后离家。"

"哦！搞什么名堂！"

"违反《神圣律法》。"

她身后响起一阵轻微的嗡嗡声，又有两架无人机降到了广场上。亚兹扭头瞥了一眼，塔迪斯就在离她五米远的地方，如果她全速冲过去，也许能在机器做出反应之前跑进去。她对此很有信心。"我来自另一个世界。我只是游客，并不知道本地的律法。"试一试总没坏处。

"违反《神圣律法》。"

管不了那么多了。亚兹转过身，朝塔迪斯扑了过去。

"立即逮捕！"

在同一时间，所有无人机都变成了红色。亚兹先是觉得自己浑身仿佛被针扎了一般，接着痛苦地弓起了背。下一个瞬间，她感觉眼前一片漆黑。

4

博士和莱恩沿着弯弯曲曲的山路走向那座奇怪的蓝塔,城镇现在落在了他们后面。这里地势崎岖,道路坎坷。在黑暗中,莱恩不得不更加当心每一步落脚的地方。一只长着亮橙色斑点的铁青色蜥蜴从他身边匆忙跑过,一头钻进了灌木丛里。

蓝塔坐落在山坡最顶端,俯瞰着整座城镇。走近了看,莱恩觉得这座塔好像更大了,至少有十层楼那么高,也许更高。对比之下,他感觉自己十分渺小。

"这是'塔迪斯',对吗?必须得是。"他说。

"看起来像是。"

"都晚上这个时候了,门窗会不会全都锁上了?"

"只有一个办法能弄清楚。"博士没有气馁,"灯还亮着呢,我猜应该有人在。看到那些亮光闪烁的方式了吗?里面点的是蜡烛。我想知道,它是座教堂还是座寺庙。"

他们终于来到了一片开阔平坦的广场。长途跋涉让莱恩汗流浃背。看起来像是正门的两侧排列着宏伟的阶梯,还立着风化的穿着长斗篷的人形雕像。博士猜得没错,莱恩想,这绝对是座教堂。门上的基石上刻着"托都斯"三个大字。

"托都斯?塔迪斯?"

博士低声轻笑,"这真是巧合,对吗?"

"我们现在做什么?就这么闯进去?"

博士耸耸肩,"为什么不呢?我们到目前为止什么坏事也没做。"她飞快地跑上台阶。莱恩真不知道她是从哪儿冒出来的能量,老实说,他现在特别想来罐红牛。博士的眼前是巨大的双开门,她推开了左手边的那扇,"看!为祷告和静思敞开大门。"

莱恩皱起眉停在台阶中间。他说不出哪儿不对劲儿,但就是感觉不太对。

格兰姆连气都不敢喘。他从藏身的地方看到一辆巴吉车[1]突然转向,然后驶进了广场。亚兹……她……她死了吗?他努力克制住自己想要跑过去的冲动。如果他也倒下了,那就什么忙也帮不上了。那些飘在空中的圆球还围着塔迪斯打转,用激光还是什么的扫描着它。

他泛起一阵恶心。他能怎么……他要怎么……他该怎么向可汗夫妇交代?他回想起格蕾丝去世的那个时候……他怎么能忘

---

1. 一款后轮驱动的沙漠专用越野车。

记？格兰姆强忍着泪水。

巴吉车滑行一段后停了下来，两个戴着兜帽的人跳了下来。格兰姆只能分辨出他们的长大衣和耐磨的靴子。他们在亚兹身旁蹲了下来。

"喂！"其中一人把她的身体翻了过来，"年轻女人？情况不太好，她失去知觉了，不省人事。"

格兰姆如释重负地松了一口气。她还活着。

"看在托都斯的美好博士分儿上！她到底在想什么？"另一个说，听声音要年长些，"穿着这么暴露！还大晚上一个人在外面！"格兰姆觉得他们很明显像是僧侣。

"你不觉得……她是抵抗军的一员吗？"

"如此显眼地在《无上法条》面前张扬，我并不惊讶，忒皮卡修士，我一点儿也不会惊讶。看看她，她甚至可能是……混血种。"

"我们该怎么做，格莱佐斯修士？"

修士。所以他们确实是僧侣。格兰姆从未见过有任何僧侣像警察一样行动。

"我们还能怎么做？把她押解到囚室，等神父听取她的证词后做出判决。"

格兰姆看到那位名叫忒皮卡的修士拉下了兜帽。他是一个年轻人，从外表看不比莱恩大多少，他有着蓬松的棕色头发和时髦的胡茬。格兰姆往阴影里缩了缩。他可没办法同时战胜两个健壮的男人和一堆能发激光的圆球。"小心点儿！"格莱佐斯厉声说，"她可能穿了自爆背心。"

"我不觉得她……"

亚兹穿着牛仔裤和长袖衫，并没有地方能藏炸药。蠢货。

"非常好，把她抬上车。"格兰姆瞥见他兜帽下深色的皮肤和浓密的黑色胡子。格莱佐斯看向离他最近的圆球说："飞眼离开。"

三个圆球各自朝不同的方向飞去。格兰姆又往灌木丛里躲了躲。透过叶子，他看到他们在自己上车前，先将亚兹放到了巴吉车的后座上。

车呼啸着碾过石子路，几乎是从他的眼皮底下绕过去的。当他们经过的时候，格兰姆看到了亚兹。她看起来很安详，仿佛只是在睡觉。他发自内心地希望，袭击给她带来的伤害并没有看起来那么严重。

巴吉车向右转向，开下山坡。格兰姆从树叶里探出头，想检查外面是否没人了。新镇又恢复了平静——没有僧侣，也没有带刺的圆球。他起身跟上那辆车，沿着街道最隐蔽的一侧移动着，他不会让亚兹离开自己的视线。

对莱恩来说，托都斯圣殿闻起来就像是雷德兰兹小学表演圣诞剧时用过的华丽大教堂,充满了焚香和没药[1]的气味。每年那个时候,每个班的学生都排着长队缓缓沿街道走到拐角。所有人的父母都会来看他们的演出,好吧,除了他的父母。

尽管莱恩对教堂不怎么感兴趣,但他还是要承认这个门厅很漂亮。成百上千的蜡烛在罐子里、金色吊灯内以及大枝形烛台上摇曳着烛光。真要说起来,这里比谢菲尔德大教堂还要辉煌。灰色的大理石石柱直插穹顶,镀金的门也光彩夺目。

博士踩在闪闪发亮的地板上,脚步声回荡在高墙间。有一段阶梯通向一扇金色的大门,而一座小拱门下的阶梯则通向地下室。

"女性敬拜……"博士读起了拱门上的标牌,"我可不这么认为。在我重生成现在这副模样之前,我能去任何我想去的地方,到底是什么变了?"她义愤地走上阶梯,朝着在莱恩看来是主礼拜堂的方向走去。

"博士,你觉得我们应该这么做吗?"

"没事的!这儿挺漂亮的,不是吗?可能有点太过了。米开朗琪罗在为西斯廷教堂工作的时候,我记得我还跟他说:'米琪,亲爱的,有时候少即是多。'不过这些看起来……真眼熟。"她指了指墙上的木刻装饰。它们似乎在用各种方式描绘塔迪斯,其中有一幅画着挥动翅膀从时光机里飞出来的天使们。

---

1. 一种芳香液状树脂,可用于制香。

"他们觉得天使来自塔迪斯?不过,说正经的,这到底是怎么回事?"

"我还不确定。"她在台阶上停了一会儿,"假定塔迪斯是在时间线上跳多了,看来我们对和平协议的介入使他们创立了宗教。"

莱恩跑上台阶跟上她,"这……这样没问题吗?"

博士咬着嘴唇,"这不太……合适。时间领主在干预方面有一套严格的原则,但这种事也不是第一次发生了。"莱恩发现博士偶尔会切换到历史课模式,他挺喜欢的。他以前就喜欢历史,觉得它比数学要有趣得多。"曾经有一段时间,莱恩,大家既畏惧又崇敬时间领主,这种情况遍及整个时间和空间。他们不仅视你为侠义的保护者,也敬畏你为任性的暴君,这种感觉令人沉迷。"烛光照映在她绿色的眼睛里,她的双眼闪烁着琥珀般的微光。

"像神一样?"

她顿了顿,"不,与神不同。"她继续向礼拜堂走去。

"我觉得听起来就像神一样。"

"嗯,"她说,"有一些时间领主确实是这么想的。说真的,他们的结局可不太好。"他们来到门外,她轻轻地敲了几下镀金的门,"没人在里面。"

她转动把手,然后推开了门。

格兰姆保持安全的距离跟着那辆车。每移动几米,他就在垃圾桶或是大多数房屋门阶上的奇怪蓝色柱子后面躲一下。像浣熊一样大的老鼠甩着鞭子似的尾巴,快速窜过了水沟。

路上没有其他的车辆,所以跟踪他们并不困难。自从遇到了博士,格兰姆不止一次发现自己越来越健康了。战胜癌症给他敲响了警钟,让他关注起自己的健康状况。自从跟着博士东奔西跑以来,他发誓自己的体重已经掉了差不多半英石[1],甚至都不用戒掉格雷格家的馅饼。

巴吉车一路顺着石子路颠簸着驶下山坡,进入港口。格兰姆发现最奇怪的一点是,几个小时以前他们才来过这里,但现在一切看起来完全不一样了。街道变得更加整洁,沿途竖立着街灯,酒馆大门上挂着崭新的红色招牌。内战的一切痕迹似乎已非常快速地清理干净了。

格兰姆依旧躲在隐蔽处,匆忙穿过一家又一家的门口,来到了山坡脚下。港口凉爽的空气扑面而来,他闻到了一股咸味,还有一整晚挂在外面晾干的渔网散发的鱼腥味。船只碰撞在系泊设备上叮当作响。他突然对童年产生了奇怪的乡愁,想起了在马尔盖特[2]还有惠特斯特布尔[3]度过的暑假。

---

1. 1英石约等于6.35千克。
2、3. 两者均为英国滨海小镇。

巴吉车停在了一扇庄严的大门前。格兰姆不知道门后有什么,但这里像要塞一样戒备森严,应该是那两名僧侣口中的囚室。他躲在一艘老旧的划艇后面。现在可能是他救亚兹的唯一机会。他要等那辆车进入大门以后悄悄跟上,希望不要有人发现,然后……好吧……穿过大桥。

忒皮卡修士按下密码,大门慢慢打开,发出嘎吱嘎吱的声音。

就是现在。格兰姆快速向前冲了过去。我这个岁数身手还不错,他心想。巴吉车压过石子路穿过门口,大门开始关上了。"别啊,好你个家伙!"他生气地低声说。

"不许动!"

哎呀,糟糕!

格兰姆马上停下脚步,一不小心在坑坑洼洼的地面上摔了一跤。

"表明身份。"

他双手举过头顶,把脸扭向在头顶盘旋的带刺无人机。

"对不起伙计,我只是想帮我的——"

无人机发出的光快速地在他身上扫过,"错误。重新扫描。"

"我……我不想惹麻烦,我只——"

"身份确认。你是美好博士。"

主礼拜堂如夜般漆黑,伸手不见五指。博士掏出音速起子,起子发出橘黄色的荧光。

"等我一秒钟。"她说,"这里的某个地方应该有照明开关,如果没有……"

音速起子的震动频率改变了,随后大厅里的主光源亮了起来。

"哦——哇——"这里比莱恩设想的还要富丽堂皇,金色的柱子撑起高高的天花板,他伸长脖子往上看,天花板上装饰着壁画:许多长着巨大白色翅膀的天使正从明显是塔迪斯的物体里拥出来。

他低声轻笑,"博士,这到底是什么情况?认真的吗?"他看了看四周,发现她不见了,"博士?"她总是这样。

"我在这儿。"她听起来有点紧张。一定是出事儿了。

莱恩循着她的声音穿过座席,朝祭坛走去,"怎么了?"

她正站在华丽的金色讲坛前面,讲坛后是巨大的彩色花窗玻璃。"莱恩,"她面无血色,"这有点在我的意料之外了。"

莱恩跌跌撞撞地走着,边走边回头张望,"我没懂。"

"看!"博士用音速起子指向那扇大窗户,又一束光亮了起来。莱恩第一次看清它的全貌。他猛吸一口凉气,错不了,那扇花窗上描画着一个年长的男人,他张开双臂,脸上挂着慈父般的笑容。

虽说看起来有点疯狂,但那人确实很像格兰姆。真的很像。

"莱恩。"她扭过脸看着他,"我实在不知道这究竟是很糟糕还是……太棒了。"

"是格兰姆。"

"我知道!"她露出灿烂的笑容,"来吧!我觉得我们应该趁着夜色快点溜走,别管灰狼星了。"

"是吗?我们应该告诉亚兹他们,格兰姆成了……像是神或者什么的吗?"

她摇摇头,"外面有很多星球崇拜的东西比格兰姆·奥布莱恩可怕多了,相信我。"她跳下通往祭坛的台阶,沿着过道走下去。莱恩赶紧跟上她。

"一座敬拜格兰姆的教堂!太疯狂了!"

"他是个好人!"

"但至少……他不是神。他就是个退休的公交车司机!"

"这是……我们上回旅行意外造成的副作用。"博士停下来想了一会儿,"但我觉得要是消除上回的旅行可能弊大于利。如果哪天特别无聊,我会跟你们讲讲这些悖论。不过说句公道话,悖论有时候还挺有意思的。改天我再跟你们说说《回到未来》[1]里到底有多少错误。"

她继续向出口前进。

"不是我们让他们做的这一切,莱恩!我们只是做了正确

---

1. 经典美国科幻喜剧系列电影。

的事情。如果灰狼星上的人们想要效仿我们的和平与宽容,那么……"

博士猛地打开门,一个可怕的圆球停在她面前,"糟了!"

它有点像亚兹和莱恩从塔迪斯里找出来的厄班卡人的无人机,但它布满尖刺,看起来没那么友善。

"你好啊。"博士边说边摇摇晃晃地往身后的过道退去,撞上了莱恩。

"不许动!"呆板的声音说,"表明身份。"

"我是博士,这位是莱恩·辛克莱。"

白色的激光束从球中射出来,似乎是在扫描他们。"违反《神圣律法》。"

"什么?"莱恩说。

"准没好事。"博士补了一句。

"《信仰之书》第二章第十三节:'看哪!托都斯圣殿是我的家。'美好博士说,'所有人类都应该在这里有一席之地,而男人和卑贱的女人必须分开敬拜。'"

博士咬了咬嘴唇,"这就解释了我看到的'女人敬拜需在地下室'的标牌是什么意思了。"

"卑贱?"这个词让莱恩作呕,"呸!"

无人机逼迫他们走下过道。"这是误判,"博士突然用权威的口吻说,"重新扫描我。我不是洛巴人也并非人类。按照你们的理解方式,我既不是男人也不是女人。重新扫描我!"

它照做了,"神圣侵犯。"

"很好,又换了一条。"

"《真理之书》第一章第八节:人类是依照美好博士的模样创造而成的。人类的存在是他至纯设计与至洁生命的最好证明。玷污美好博士的纯洁不可容忍。"

"莱恩,要我告诉你什么事情的结局从来没好过吗?"

"说吧。"

"任何关于种族'纯洁'的言论。我们得逃出去。"她拉住莱恩的胳膊,从无人机下面朝大门一路飞奔起来。

"不许动!"

他们跑出礼拜堂,来到阶梯最上层。不料又有四架无人机顺着阶梯朝他们飞来。

"博士?"

"回里面去!"她把他推了回去,"帮我一把!"

他俩一人抓着一扇门,将他们自己和第一架无人机一起关在礼拜堂内。

"托都斯圣殿遭到蔑视。来自《神圣律法》的惩戒是死刑。"

"不!"博士抗议道。

"绝不!"莱恩喊道。

"《神圣律法》不容置疑。"

空中的圆球由浅绿色转为深红色，变得越来越亮。博士痛苦地叫出了声。

"博士！"莱恩吼道，"停下！快停下！"

博士的身体开始抽搐颤抖，她的周身包裹着血红色的阴霾。她瘫倒在地，脸因痛苦而变得扭曲。莱恩想要帮她，但红光像静电一样刺痛了他的指尖。莱恩抽回手捂住手指。

"博士！"

博士蜷缩成一团，莱恩除了看着别无他法。它就要杀死她了。

5

"谁来救救我们!"莱恩大喊道,"快停下!"

他不确定它有没有听见,但突然间,那架无人机由猩红色变成了琥珀色。"发生优先类紧急状况。所有飞眼到圣殿集合。"

博士喘息着在地上躺平。

莱恩冲到她身边,把她扶了起来,"博士?博士你还好吗,伙计?"

博士像是被早上六点的闹钟吵醒一般呻吟着。"哎——哟——"她舒展了一下身体,"这感觉可不太好,嗯,对吗?"

莱恩长舒一口气,就好像这是他第一次呼气似的。博士还好,尽管她闻起来有点儿像烤面包。

"哎哟,这让我想起有一次在克兰都洛克丝7号星球上做的深层组织按摩。我是说,极小的纳米机器人真的钻进了皮肤组织深处,然后……它们在干吗?"她猛地坐直,恢复了精神。

"我不知道。它只是变成橘黄色,然后停了下来。"

门猛地打开,撞在墙上砰砰作响。莱恩看到又有五架琥珀色的带刺无人机飞了进来。

"重要时刻即将到来。"所有无人机——也就是飞眼——齐声说,"重要时刻即将到来。"

"神圣干预?"博士在莱恩的搀扶下站起来,甩了甩脚。

飞眼还在陆续飞进来,反复齐声吟诵同一句话。在它们中间,有一个人走了进来。他举起双手以示投降,看起来有些困窘,那是格兰姆。

"谢天谢地!"他说道,"你们在这儿!这些事变得太疯狂了!"

莱恩回头看了看彩色花窗玻璃,那上面画着他的奶奶的丈夫,"是啊,疯狂的事还多着呢。"

博士张开双臂,"过来吧,我觉得很安全。"

格兰姆跑到她的身边。

"发生了什么事?"她问。

"全出问题了,博士。它们先是抓走了亚兹——"

她的脸沉了下来,"谁干的?"

"它们!世界上最可怕的会飞的足球!"

"那么,它们把她带到哪儿去了?她还好吗?"

"我不知道!它们对她用了击昏射线还是什么的。她还活着,但是关在了山底下的某个监狱。"

博士鼓起腮帮子,"我总是在想,我为什么要在时空中旅行?

我想看看要是哪天我告诉我的同伴们在塔迪斯里等着,他们真的会听。"她捧起格兰姆的脸,望进他的眼睛,"那你呢?它们伤害你了吗?"

"没有。很奇怪,它们一直管我叫博士。"

博士的眼睛睁大了,"好吧,这说得通。"

"可能正好解释了那个。"莱恩往边上站了站。

格兰姆第一次看到了那扇巨大的窗户,"我的老天!那是谁?"

"那个嘛,"博士说,"不是你就是游戏节目里那位[1]。但如果是他就有点儿可笑了,所以是你的几率……"

莱恩觉得格兰姆的脸看起来更苍白了。

"但是……但是那个……"

"预言一直提到美好博士将会归来。"一个新的声音在圣殿里回荡。

博士、莱恩和格兰姆一同看向到达者。他是一个头发稀疏的老者,脸上的鹰钩鼻让他看起来像鸟一样。他穿着金色及地大衣、灯笼裤和吊裤带,款式就像博士穿的那种,但他的衣领上绣着繁复的问号装饰图案,让他看起来更有威严。他的身后跟着两个衣着相似的男人,但他们像僧侣一样用兜帽遮住了脑袋。

---

1. 此处的游戏节目指的是英国独立电视台的一档问答节目《追逐》,主持人是布拉德利·沃尔什。

新来的人走到三人面前，表现得有礼有节，恭恭敬敬。他在格兰姆身前屈膝跪下，以额抵地，"美好博士啊，我从未质疑过，我的信念如此坚定，您回到我们身边来了。"

格兰姆弯腰扶他起来，"不必这样，伙计，起来吧。说真的，不管怎样，我不是——"

莱恩猜测是祭司的那个男人紧紧握住格兰姆的手，就好像那是他生命的依靠，"是您，真的是您。270纪元的地狱大火烧毁了那时不少的圣人遗物，只有一张照片得以幸存……那上面就有您！"

"是……好吧。那么你是？"

"非常抱歉，请允许我介绍我自己：我是麦卡都斯大祭司，您最谦卑的仆人。"

博士走到麦卡都斯和格兰姆中间，不偏不倚地戳了戳大祭司的前胸，"没关系。你的机器看门狗差点用伽马射线杀死我，这是怎么回事？"

麦卡都斯露出害怕的表情，但莱恩注意到他几乎无视博士，而是直接向格兰姆答话："恳求您的怜悯。飞眼被设定为不惜一切代价保卫圣殿。如您所知，全视仁慈之神，灰狼星正处于动荡时期。但所有飞眼都被设定为能识别这张脸。"他的手伸向格兰姆的脸颊，似乎难以相信格兰姆本人真的活生生地站在他面前。

格兰姆躲开了，"对，是我的脸，伙计。"

"而且是在圣莱斯明节的前夕！谢天谢地！"麦卡都斯双手合十举向天空。

圣莱斯明？不可能！莱恩心想，"莱恩"和"亚斯明"……

"圣莱斯明节什么的节日快乐。"博士说道，"但是，你瞧，重大失误！你的'飞眼'把美好博士的其中一位……门徒……给关进了监狱。"

"没错！"格兰姆附和道，"它们抓走了亚兹！"

麦卡都斯无比惊慌，"我再次竭诚向您道歉，唯有再次恳求您的神圣宽恕，全能的神。因为节日临近，飞眼的安保等级达到了最高值，但请放心，我们将立即释放您的追随者。"

博士看起来放松了一点儿，"太好了！这还差不多。但我们真得谈一谈这个'女人禁止进入教堂'的事情。这是怎么回事？告诉他们，美好博士。"她用胳膊肘轻轻捅了一下格兰姆。

"什么？对，有道理，是的。你们应该……允许女人进入教堂。显而易见。"

麦卡都斯先是惊愕，然后再三点头，"若您愿意，便当如此。"

莱恩想要引起博士的注意。他们几个人之中偏偏是格兰姆来扮演美好博士，这准没好结果。在上一个圣诞节，他耐着性子玩完哑谜游戏后已经认识到，格兰姆的演技真的非常非常糟糕。也许只有博士觉得这场戏值得演下去，直到他们顺利脱身。

麦卡都斯回头对其中一名僧侣说："亚历克西斯修士，请告知修道院这个极好的消息是真的！告诉帕诺思神父，美好博士又回到我们中间了。取消圣莱斯明节，把节日改为敬拜。"

"不，别为了我这么做。"格兰姆说，"我打赌人们十分盼望过节呢。"

麦卡都斯俯首，"如您所愿，奇妙的神。你听到他的崇高真言了，亚历克西斯。节日将以他的尊贵之名照常举行。去吧，快去！"

那名僧侣俯首后，快速离开了圣殿。

格兰姆拉住博士的胳膊，"博士，我该怎么做？这些家伙认为……"

"先演下去，直到我们把亚兹安然无恙地带回来。"她语速飞快地低声说，"麦卡都斯不会听我的，但我得弄明白这一切是怎么回事。至少有一部分是我的错，是我把厄班卡人的无人机意外地留了下来，而让他们用它造出了飞眼。格兰姆，我加快了他们的科技进程，违反了一条很重要的规矩。现在我得修正它。"

麦卡都斯又转身面向他们，"我知道作为卑微的人类，我没有权利向您索求，受人爱戴的领袖。但您若能屈尊出席圣莱斯明节，您的仆从——也就是我们——将感到无上的荣光。"

"呃……这个莱斯明，"莱恩问，"是谁啊？"

麦卡都斯看起来很疑惑，"圣莱斯明自然是最荣耀的大天使，他在归乡之日让太阳停转，并用其洪亮的声音对灰狼星上所有的人类讲话。"

"哇哦!"莱恩露出灿烂的笑容,"那是我,就是我!不过倒不至于让太阳停转。"

"不打紧,莱斯明。"博士打断他,"麦卡都斯大祭司,我能问一下这个归乡之日是多久以前呢?"

另一名年轻的僧侣站了出来,"女性禁止直呼大祭司之名。她们会说谎,还会传播疾病。"

博士惊恐地眨了眨眼。

"你说什么?"格兰姆说,"是谁编造出来的蠢话?"

"是您,我的无上威荣。"那名僧侣答道。

"《真理之书》中有记载,"麦卡都斯解释说,"女人带来了堕落,带来了那场大瘟疫。她们违背了您的真言,背负着无限罪孽。"

"这听起来真有意思。"博士讽刺道。

"我说,"格兰姆说,"让无限罪孽……结束怎么样?就是现在!我……我允许女人脱离惩戒。博士……"格兰姆突然意识到,如果他是博士,那真的博士就得换个身份,"这是博士的命令,因为我就是美好博士。"

补救得挺好,莱恩想,或许格兰姆还是会演戏的。

"从现在开始,"格兰姆继续说,"我命令你同我的朋友……护士……说话。"

"护士?"博士生气地大喊。

"护士有什么不好?"

博士缓和下来,但看起来还是不大接受,"说得好,说得好,我是护士。"

麦卡都斯终于看向博士——也就是那位真的博士,"我们的圣典里没有关于护士的记载。"

"我想看一看你们的圣典。"博士说。她现在变得极其严肃,还眯起了眼睛,"但首先要从你们的监狱里接回我们的另一位小天使。"

6

亚兹从没经历过宿醉,但如果要经历一回,她怀疑很可能就是现在这样,她感觉自己的大脑猛地撞着颅骨内侧,想要冲出去。

就在一瞬间,她以为自己躺在家里的床上,然后一下子惊醒,以为轮班要迟到了。最后,她终于想起自己在什么地方了。

她已经不在塔迪斯外面了,一股臭味儿首先向她袭来。不管是哪儿,这里同时充斥着霉臭味、脚臭味、污水的臭味和体味。她伸手捂住口鼻,想用袖子挡住这股味道。她平躺在某种又冷又硬的东西上面,在做好保护自己的准备后,她猛地挺直背坐起来,不料一头撞到了上铺顶,"哎哟!"

"当心你的头。"一个粗哑的声音说。

她见过太多类似这样的地方,所以她知道自己是在一间囚室里。这里满是污秽、又潮又脏,墙壁沁出了水珠,高高的窗户栏杆外边传来海水的声音。她认同一句老话:看看人们怎么对待囚犯,就知道这个社会怎么样。老实说,她现在对灰狼星的评价可不太高。

四组双层床铺挤在小小的囚室里,亚兹发现这里还有另外两个狱友。他们都是洛巴人,有一个看起来酩酊大醉,在说话那个洛巴人的上铺呼呼大睡。

"今晚不太顺?"她对面的洛巴人问。他有着黑色的毛发,上面布满银色的斑点。他随意地仰面而卧,两只爪子枕在脑袋下面,"你在旧镇的监狱里。"

亚兹揉了揉脑袋,"那些圆球形的东西。"

"那是飞眼。对,它们击昏你的时候痛得要死。你违反了哪一条《神圣律法》?"

她眼神游移,视力模糊,"就是'作为女孩'那条。"

那个洛巴人露出尖牙,似乎是在微笑,"哎呀,他们可不太喜欢那条。"

"我晚上独自外出这一点显然成了项罪名。"

"你去卖什么东西?"

"我没有!"她反驳道,"我……不是这颗星球上的人。"

听到这儿他坐了起来,两条腿在床边摆动,"你说谎。"

"我没说谎!"

"宇航基地已经关闭了差不多一百年了。"

亚兹看了看四周,月光透过窗户照了进来。逃跑是不可能的,因为她没法从那些栏杆中间钻出去。"是,不过我不是从宇航基地来的。这里发生了什么?上次……呃……我最近一次听说的关于灰狼星的事情是人类和洛巴人休战了。"

他哼了一声,"从来没有过什么休战。"

"有的!"亚兹气呼呼地说,"奥莉克丝和布莱恩作为代表同意休战。我在……我读到过。"

他揉搓着脖子上细细的金属颈圈,把它松了松,"好吧,我从没听说过什么奥莉克丝或休战的事,但布莱恩是我们的国父之一。不知道你读的是什么。"

亚兹皱起眉,"你在说什么?奥莉克丝是洛巴人的首领。洛巴人和人类打了场内战,然后博士帮他们制定了分权协议——"

"快闭嘴!你疯了吗?"他咆哮道,他的眼睛在黑暗中闪着光,"你说这些话会害死我们的。这是异端邪说。"

哇,塔迪斯这次一定是真的完全搞错时间了。从他说的内容来看,她一定是来到了未来,没过几千年也过了几百年了。因为他听说过布莱恩,所以她猜自己不可能是回到了过去。灰狼星什么地方出了问题。他们帮忙拟定的和平协议里,可没有关于戴着颈圈和锁链的洛巴人这一条。

"抱歉,"她说,"我是亚兹。"

"大家都叫我老水手鲍勃。"

"你是什么原因进来的?"

"我没跟我的主人在一起。"

"什么?"

他眯起淡蓝色的眼睛,"若没有人类带领,洛巴人不得在公共场所闲逛。这就是为什么我们称这里为'收容所'。"

"这太荒谬了!"亚兹说。

"再说一次,你说话小心点,这关乎《神圣律法》。我真想不通你到底是勇敢还是愚蠢。"

亚兹笑了。在遇到博士之前,这个评价可能会让她很不开心,但现在没那么严重了。"很可能两个都沾点儿吧。"她答道,因为她觉得博士也会这么回答,"他们会放我们出去吗?"

"你可能会,毕竟你是人类。他们如果找不到我的主人,会把我放倒。"

"放倒?"

"也许你真的有点儿单纯。"老水手鲍勃迎上她的目光,"就是把我消灭。"

亚兹惊骇地瞪大双眼,这里到底发生了什么?

一队僧侣来到托都斯圣殿载大家去接亚兹。他们开的车至少在莱恩看来,像是小型高尔夫球车。博士、格兰姆和麦卡都斯共乘一辆,莱恩则降级分到某名戴兜帽的年轻僧侣车上。他介绍自己是忒皮卡修士,蓬松的头发和整洁的胡茬让他看起来有点儿时髦。

他们在石子路上颠簸前行,一路开下山坡朝海岸驶去。旧镇的街道狭窄而混乱，晾衣绳东一条西一条地挂在东倒西歪的房屋之间。无论在城镇的什么地方，你都能看到圣殿俯视着你。

有那么几次，忒皮卡似乎被他的乘客吓呆了，差点儿把车开进沟里。莱恩抓紧车子说："你得好好看路，伙计！"

"请您宽恕，圣莱斯明。"他的双手好像在颤抖。

莱恩为刚才冲他发火感到抱歉，"嘿，没事的，没什么关系。叫我莱斯明就行。"

"这一天，"忒皮卡微红着脸说，"自打我有记忆开始，每一天我都在等待这一天的到来。我知道，只要我们保持心灵和信念的纯洁，美好博士就会归来。他将嘉奖我们。"

"真的？"莱恩问，"你们的《真理之书》里写的这个嘉奖是什么意思？"

"美好博士将会归来，拯救我们逃离尘世的折磨。"

"这儿吗？看起来还挺好啊！"

忒皮卡忧伤地摇摇头，"表面上的安定只是假象，我的神。这场圣殿与抵抗军之间的冲突已造成很多无辜的人流血死亡了，圣莱斯明。他一定对我们很失望。"他对前面那辆车举手示意。莱恩看见，格兰姆扭头冲他们眨了眨眼。

"什么？你是说'美好博士'？不，他人很好的。"莱恩想知道忒皮卡口中的冲突是什么。早先，在几个世纪以前，人类曾对抗洛巴人，现在则是圣殿对抗抵抗军。天哪，为什么人们就不能好好相处呢？实际上，还有个问题：洛巴人都去哪儿了？今晚莱恩只看到了人类。

"圣莱斯明，能恕我问一个问题吗？"

"放手问吧。等等！不是字面意思，你继续沿直线开。"

"《真理之书》上写到美好博士拥有无边的法力，他能在时间和空间里穿梭。那他现在为什么还要坐车呢？"

"这个嘛，"莱恩说，"当他和人类在一起的时候……他喜欢融入其中。"

"唉，我明白了，我们不值得他的爱。"

莱恩笑了，想象了一下格兰姆像超人一样在天上飞的情形，"别打击自己啦。这次是字面意思。"

前方，载着博士和格兰姆的车滑行一段后突然刹住，博士立马跳了下来。忒皮卡把车也停在了一旁。

"怎么了？"莱恩冲博士喊道。此时，她正奔跑着穿过空旷的广场。

"塔迪斯！"她猛地转身面向他们，她的大衣下摆在空中掀动，"不见了！"

7

格兰姆看了看四周,发现这里正是塔迪斯降落的那片果园。

"有见过一个蓝盒子吗?"博士转身问麦卡都斯,"有个蓝色的盒子原本在这儿。"地上甚至还有塔迪斯留下的方形痕迹。

"和《真理之书》里写的一样!"忒皮卡睁大双眼说道。

麦卡都斯无视博士,而是面向格兰姆,"正如传说里预言的那样,您乘着蓝色的盒子归来了。"

"没错!"格兰姆说,"可它现在不见了!"

"用飞眼查查,"博士说,"它们在街上巡逻,对吗?它们会告诉我们是谁带走的。"

麦卡都斯又一次看向格兰姆,后者怒视着说:"按她说的做!"

"好的。"麦卡都斯对其中一名戴着兜帽的僧侣说,"塔吉斯修士,你回到圣殿去访问飞眼的数据库,看看能查到什么信息。美好博士,这只可能是抵抗军干的。"他又转身对格兰姆说。

"什么抵抗军?"博士问。

"亵渎神灵的异教徒,那些质疑您的真言的人,美好博士。"

格兰姆用求助的眼神看着博士。老实说，扮演美好博士这件事越来越没那么有意思了。"博……护士，塔迪斯不会有事吧？"

博士翻了个白眼，"老姑娘遭遇过更糟的事呢，她几乎是……坚不可摧的。但有人把塔迪斯拖走了还是有点恼人，为什么宇宙中每颗星球上都有讨厌的交通管理员，嗯？"

格兰姆发现，只有他开口时，麦卡都斯这个家伙才会照做。"听着，伙计。我们真的非常需要把那个盒子找回来，知道吗？那里面装着……重要的礼物什么的。"

麦卡都斯匍匐在格兰姆脚下，"请宽恕我们，全能者啊。请您理解，灰狼星上绝大多数的人都全心全意地颂扬您的名字。擅自移动您神圣的圣像是最严重的亵渎。一旦我们找到那些竟敢移动它的抵抗军，我向您保证，我们会把他们的双手砍下来。"

"哎呀，伙计，没必要那么做。我们只想把盒子找回来，其他的用不着。"格兰姆俯身扶麦卡都斯起身，"先起来吧。"

在格兰姆身后，博士一脸严肃，"在把我们的朋友从监狱里接出来以后，麦卡都斯大祭司，我们需要坐下来好好聊一聊你们的《真理之书》。"

格兰姆点头附和。

"一切如您所愿。"

"问题是我很好奇书里有多少条真理。来吧！事情一件一件的做。我们先去接亚兹，然后去找塔迪斯！我们走吧！"

格兰姆以前见过博士这种冷酷的眼神,在热情的微笑背后,她正变得越来越生气。

亚兹用叉勺戳了戳从门上的小窗口滑进来的一盘食物。或者准确地说,看起来更像是狗粮:淋着肉汁的肉块。她把食物推到一边。

"换作是我,我会吃的。"鲍勃包着满口的肉块对她说,"味道尝起来像泥巴一样,但到明天之前,你就只有这盘食物可吃。"

"明天我不会在这儿。"亚兹说,"全都搞错了,我不应该在这儿。"

"女孩如果在晚上独自外出,会被修女打五鞭的。"

"什么?这里发生了什么,鲍勃?以前可不像这样。"她赶紧补充了一句,"我读到过。"

他眯起眼睛,"别再说了。我告诉过你,托都斯圣殿统治这里有几百年了,这儿的人都知道。没错,我们有守卫队,每座大的城镇还有市长,但他们都是山上那个蓝色丑东西的爪牙。麦卡都斯和他的密友手里攥着所有的木偶线。"

亚兹一点儿也没听懂,但她不想问太多问题引来更多怀疑,于是郑重地点点头。

他们的另一个狱友,那个独眼的老洛巴人,在饭点的时候从床上起身了。"如果不是因为我太老了,我会下矿井当矿工的,我会的。"他说。

鲍勃冲他大吼:"老蠢货你闭嘴!除非你想让他们把你另一只眼睛也摘了。"

"下矿井当矿工是什么意思?"亚兹问。

"当抵抗军。"那个老洛巴人说,"要我说,他们更厉害。他们让圣殿很发愁,真的。"

"他不知道自己在说什么。"鲍勃边说,边刮干净盘子里最后一点肉糊,"你不吃吗?那我吃了。"

囚室外面传来一阵喧闹声。一声响亮的咆哮震得亚兹捂住了耳朵,"那是什么声音?"

鲍勃翻了个白眼,"特罗莫斯醒了。"

亚兹向上爬到上铺,隔着栏杆往外看。如果她抓紧栏杆,再踮起脚尖,就可以看到外面同样潮湿的走廊。在对面有一间相同的囚室,那声号叫便是从里面传出来的。"疼死了!疼死了!"尽管亚兹看不到他的全身,但能看见一双不像狗爪倒更像是熊掌的大爪子抓住门上的栏杆。他摇得栏杆哐啷作响,声音回荡在整条走廊。

"谁是特罗莫斯?"亚兹问。

鲍勃难过地摇摇头,"他们对他做的那些事情是不对的。"

"让我出去!"特罗莫斯号叫道,"让我出去!疼啊!"

"他们做了什么?他还好吗?"

"你的问题太多了。"

"我的职责就是问问题。"她单脚跳下来,坐回自己的床上,"说吧。"

"大约在十年前,圣殿在洛巴人身上做实验,想要打造一批守卫,他们是这么宣称的。但我们都知道他们是想组建一支守卫队来平定叛乱。我们比人类的体型更大,也更强壮。我猜或许可以叫作'警卫狗'。"

"那他是其中之一?"

同情和悲伤溢满了鲍勃的双眼,"可怜的老特罗莫斯是唯一的幸存者。圣殿给那些洛巴人大量服药,在他们身上动各种手术,想把他们变得更快,更强壮,更加好斗。但是他们都疯了,有的自杀了,有的遭消灭了。"

在走廊另一侧,特罗莫斯正用身体撞着门,"疼死了!"

鲍勃吃完了第二盘黏糊糊的食物,"通常他们会给他用镇静剂。"

亚兹摇摇头,"这太残暴了,他们不能这么做。"

"这就是圣殿。"

特罗莫斯像狼一样号叫着。

"可怜的家伙。"亚兹说。

囚室的窗户外面传来一声鸟叫,亚兹想知道是不是天亮了。就在这时,鲍勃把爪子放到嘴上,发出像鸟叫一样的口哨声作为回应。

她一边盯着他,一边等着一个解释,但鲍勃并没有欣然作答。

"怎么,你会说鸟语?"亚兹说。

"有什么问题吗?"

她笑了,"一直都有。"

"别管什么问题了。你要是知道好歹,就该找掩护躲起来。"

窗外又传来一声鸟叫。

"啊?"

"就是现在!"鲍勃一头倒在地上,滚进自己的床底下,亚兹也立刻照做。走廊里响起一声好似金属撞击地面的脆响。她不是专家,但凭声音她猜测那是颗手榴弹。

当她的肩膀撞到地面的那一刻,整间囚室震动起来。巨大的爆炸声让她感觉耳朵好像炸开了一样。砖石碎屑簌簌落在她的头发和后背上,她匆匆爬到自己的床底下,紧闭双眼等待着某种疼痛袭来。

不过并没有。

亚兹感觉有人在拽她的胳膊。她大着胆子睁开眼睛,看到鲍勃在一片又浓又黑的烟尘中想把她从地上拽起来。她想问他发生了什么事,但发现自己的耳朵嗡嗡作响,什么也听不见。

她看到他的嘴在动,她的听觉逐渐从高频的耳鸣中恢复过来了。"起来!快起来!"他的声音很小,听着就像飞机准备着陆时在机舱里说话一样,"如果你想活命就跟我走!马上!"

透过尘土,她看到囚室的一面裂了个大洞,整面墙随即就倒塌了。"发生了什么?"她问。

"不要再问问题了!快走!"鲍勃拽得太用力了,她感觉自己的胳膊都要断了。亚兹站稳脚跟,爬过碎石,走进了走廊。

"那他怎么办?"她指着囚室里那个毛发花白的老洛巴人。

"他的腿瘸了,他会拖慢我们的速度!"鲍勃喊道。

亚兹知道博士从不丢下任何一个人。她走回他的身边,"跟我们走!"

他的独眼瞪大了,"你疯了吗,人类?他们会立刻毙了你们的!"

亚兹摇摇头,她有什么选择呢?她必须找到博士,还要确保格兰姆没有受伤。"等等我!"她朝鲍勃喊道,然后爬过碎石堆。

一个戴着防毒面具的人类女人在走廊里等着他们。她把另一个防毒面具扔给鲍勃,"普雷!下水道!这边!"因为隔着面具,她的声音听起来有些模糊不清。她第一次看到亚兹,"这见鬼的是谁?"

"她是我们这边的人。"鲍勃回头看着她,"我希望是。她肯定不是圣殿那边的人。"

"对我来说这就够了。"

鲍勃和那个女人一起冲向走廊尽头。警报响了起来,亚兹听见远处的枪声正在靠近。她又听见另一个声音——微弱而可怜的哀号——"帮帮我！让我出去！疼死了！"是特罗莫斯，就亚兹所见，他的囚室并没有因为爆炸而受到损坏。

亚兹透过门上的栏杆瞥了一眼。里面又黑又暗、满是尘土，她根本看不见他。"等一下！"她朝走廊那头救援的人喊道，"我们不应该把他也救出来吗？"

鲍勃转过身，双目圆睁，"快离开——"

亚兹在看到那只爪子之前先感受到了它的力量。特罗莫斯击穿栏杆把爪子伸出来，用胳膊勒住了她的脖子。被抵在门上的前一秒，亚兹瞥见一双狂怒的黄色眸子和一身黑色的毛发。那只胳膊无比强壮，充满力量，满是肌肉。亚兹把手指甲掐进他暗淡的毛发里，但并没有什么用。

"小丫头。"他朝她的脸颊呼出一股热气，这气味闻起来像腐肉一样。

亚兹喊不出声，她的眼珠都快瞪出来了，她的双脚在半空中无助地垂着。特罗莫斯想把她拽进自己的囚室。

她无法呼吸。

他要把她勒死了。

8

莱恩在半山腰就听到高音报警器发出的声音。他的心一沉，警铃声从来都不会跟好事连在一起。当僧侣开的高尔夫球车拐进港口时，他看到滚滚黑烟从一座伸入大海的建筑里喷涌而出，那座建筑看起来就像要塞一样。等车开近以后，他十分确信自己还听到了枪声，更糟糕了。"发生了什么事？"他问忒皮卡。

他的同伴面色惨白，"我……我不知道。"

前方，博士跳下车向监狱跑去。

"停下！让她停下！"麦卡都斯大喊，"那里不安全！"

一支莱恩猜测是狱警的小队跑出来迎接他们。他们都穿着职业制服，衣服的颜色只可能是"塔迪斯蓝"。其中两名狱警抓住博士，把她带了回来。

"小伙子！抱歉，你们得放开我！我的朋友在里面！"

"先等一会儿，他说里面可能不安全！"格兰姆劝她。

"好吧。哼！"

"麦卡都斯大祭司。"其中一名狱警低头示意。

"怎么了？发生了什么可怕的事情？"

"是抵抗军袭击，阁下。他们扔了手榴弹，还来了持枪的步兵。我们无法进入东翼楼。"

"特罗莫斯呢？"

"情况未知，阁下。"

麦卡都斯突然看起来非常焦虑，莱恩想知道为什么。

"亚兹在哪儿？"博士质问。

狱警看起来很迷惑。

"棕色皮肤的女孩！"莱恩急切地说，"人类！穿着粉色运动鞋！"

其中一名狱警垂下目光，"她关押在东翼楼。"

亚兹无法呼吸了。她试着把特罗莫斯的胳膊从自己的脖子上掰开，但那胳膊如钢铁般坚硬。她的余光有闪烁的银色星星在打转，她的眼前一切开始陷入黑暗。

随后，她落到了地上的碎石堆里。她大口喘气，抬头看到鲍勃站在一旁，拿着某种麻醉枪。"站起来！"他大喊，"你能走吗？"

亚兹点点头，尽管她毫无把握。鲍勃和那个女人把她扶了起来。"戴上这个。"那个女人边说边给她戴上防毒面具。亚兹无法说话，她的喉咙隐隐作痛。

"她叫什么?"

"亚兹。"鲍勃回答。

在黑暗中,亚兹在那两人的带领下沿着走廊尽头走去。

"亚兹?你能听到我说话吗?"那个女人隔着面具喊道。

亚兹点点头。

"我们要进入下水道系统。你得跳下去,然后爬过狭窄的管道。你能做到吗?"

亚兹依旧只是点点头。

"跟着我。"那个女人滑入检修口,她先把脚伸了进去,然后把身体慢慢往里送,直到指尖勾住检修口的边沿,最后松手跳了下去。

那个洞看起来又黑又深,就像水井一样。亚兹希望下落的距离不是太长。与此同时,枪声似乎越来越近了,她可不想在交火的时候让他们抓住。她别无选择,只有跟着鲍勃他们了。

"快点!"鲍勃喊道。

亚兹学着那个女人刚才的动作,先坐在检修口边上,然后慢慢滑下去。

"跳!"女人的声音从下面传上来,"没那么深。"

亚兹闭上眼睛跳了下去。经过可怕而短暂的自由落体之后,她掉进了又冰又湿的某种东西里。

她踉跄着站起来,又一屁股坐了下去。她跳下来了,没受什么新伤，挺好。但这儿的臭味儿可太糟糕了，她隔着防毒面具也能闻到，"真恶心。"

"走这边！"那个女人喊道，她已经爬进了管道。亚兹不情愿地手脚并用跟了上去。她唯一的安慰是这里很黑，无法让她看清自己身下究竟是什么。要是幸运的话，它就只是排水管，而管道里再没别的东西了。真是一厢情愿的想法，这里的味道告诉她，并非如此。亚兹尽可能快地爬过狭窄的管道，她感觉鲍勃就跟在自己后面。这个空间对她来说已经很挤了，她无法想象这对鲍勃来说有多幽闭恐怖。

"一直往前走！"他咆哮道。

亚兹所能做的只有往前扭动，希望自己走的方向能带她回到博士的身边。

"难以接受！"博士在监狱大门外走来走去，格兰姆在旁边看着。"请问我能跟管事儿的说句话吗？当你通常是管事儿的那个，找到跟你一样管事儿的人总是特别难。"博士说。

麦卡都斯似乎对格兰姆更感兴趣，"至高者啊，请宽恕人类的罪孽！您的大天使会找到的，我会不惜一切代价找回她。这是您的考验吗？考验我们是否虔诚？"

这要怎么回答？"好的，你真逗。我们要怎么做，博……护士？"

"我要她平安!"博士做了个深呼吸,然后温柔地搂着格兰姆和莱恩,带他们走到麦卡都斯听不见的地方。"好吧,'至高者',我认为我们应该按顺序这样做:先找到亚兹,然后找到塔迪斯,接着弄清楚我们上次来这儿到底说了些什么,把问题解决,最后去1967年的维也纳赶上欧洲歌唱大赛[1]。"

格兰姆缓缓点头,"完全同意。除了最后的欧洲歌唱大赛,那个我就不去了。"

"真的?那年夺冠的可是珊蒂·肖[2],不过无所谓。"

"博士!"莱恩恼怒地说。

"我们得进去!"博士飞快地朝监狱跑去。就在此刻,忒皮卡和一群狱警从监狱里走出来。格兰姆赶紧跑过去听他们说了什么。

"汇报。"麦卡都斯命令道。

"监狱是安全的,阁下。"其中一名狱警说,"东翼楼已回到我们的掌控之中。死了一个抵抗军。"

"特罗莫斯呢?"

"安全地待在他的囚室里。"

"啊。"麦卡都斯放松肩膀,深吸了一口气,"赞美美好博士。"格兰姆想知道,他们总提起的这个叫特罗莫斯的家伙到底

---

1. 由欧洲广播联盟主办的一项歌唱比赛,自1956年开始举办。
2. 英国知名女歌手。

有什么特别。

博士推开人群,上前问道:"那我们的朋友呢?大天使呢?"

那名狱警面带愧疚,"我们找不到她。"

"什么?"

"她跑了。"忒皮卡说,"有囚犯报告说,她跟着洛巴人和人类抵抗军逃走了。阁下,我们昨晚从街上抓回的洛巴人流浪汉被抵抗军不遗余力地救走了,我们觉得他可能是抵抗军中的重要人物。"他顿了一下,"甚至可能是普雷。"

格兰姆看到麦卡都斯怒目圆睁,鼻孔张大,"你的意思是我们抓住了普雷,而你们却让他跑了?"

高级狱警匍匐在地,"请求您的宽恕,阁下。他给的是假名字,我们以为他只是个流浪汉。"

"你获得宽恕了!"格兰姆大声打断他。他无法忍受自己看着狱警以他的名义趴在地上,"起来吧伙计,不用趴在这儿。"

那名狱警几乎是热泪盈眶地向他致谢。

"美好博士?"真的博士说,"以您惊人的聪颖和无边的智慧,您是否觉得我们应该和大祭司坐下来聊一聊,看看能不能弄清楚这些抵抗军是怎么回事?在任何人受伤前和平地聊一聊。"

"完全同意。"格兰姆说,"我们得坐下来,喘口气。"

博士点点头,对着莱恩和格兰姆轻声说:"我得理清头绪找出是什么时候、到底是哪儿出的问题。"博士挠挠脸,"坦率地讲，我认为我们之前做的是件堪称教科书级别的'从毁灭边缘拯救文明'的案例。"

"那亚兹怎么办？"莱恩问。

博士咬了咬嘴唇，"亚兹又聪明又能干，唱歌还好听。前面两样在目前来说都挺重要，不过第三样也值得一提。如果她是自愿跟着'抵抗军'走的，那我相信她的判断。实际上，希望她能了解到故事的另一面，正如我们所说，故事总有两面。"

格兰姆点点头。有时候他都忘了当警员的亚兹经历过一些非常可怕的情况。她会没事的，在事态加剧之前，他们会找到她的。博士轻轻推了他一下，格兰姆把腰杆打直，挺起胸膛，清了清嗓子说："我，美好博士，下令今晚不得有战斗，在这圣……"

"莱斯明节。"莱恩帮他补充道。

"但是有抵抗军逃跑了。"那名狱警有不同意见。

"肃静！"麦卡都斯下令，"这是他的真言。"

"我不知道举办一场盛大的狂欢节合不合适，毕竟发生了这么多事。但你是不是说过会有什么宴会？"格兰姆觉得如果人们都在吃吃喝喝，应该就不会打仗了。

麦卡都斯俯首，"是的，将有一场盛大的宴会来庆祝圣莱斯明节。这是节日的传统。"

"告诉我，麦卡都斯。"博士问，"这个叫普雷的家伙有没有可能伤害我们的朋友？"

"没有，"他不情愿地承认道，"他是抵抗军的首领，但也备受尊重。"

一阵寒冷的海风吹过港口，空气中还充斥着刺鼻的浓烟。博士似乎斟酌了一下他话语的真实性。终于，她点点头，看起来对麦卡都斯的回答很满意，"很好。我倒是觉得并不需要为我们的莱斯明举办一场盛大的宴会。"

"噢！"莱恩小声地抗议道。

"但是，麦卡都斯大祭司，我觉得是时候布道了。"

9

麦卡都斯疾步穿过圣殿下方冷冰冰的墓穴。圣莱斯明节在没有他主持的情况下开始了，有人正用中曼陀铃弹奏着他最不喜欢的曲子之一，那是一首非常欢快的圣咏赞歌。

京斯老神父看守着地下室。他很早以前就失明了，所以不太在意长时间待在昏暗的地下。"谁在那儿？"他从盲文版《真理之书》里抬起头问道。

"是我。"麦卡都斯回答。

"阁下，圣莱斯明节快乐。"

"你也是。我可以进去吗？"

没费什么工夫，京斯便输入复杂的密码，打开了大宝库。他虽然看不见，但是依然非常机敏。巨大的门在打开时发出嘶嘶声。

"谢谢你，京斯神父。我一会儿就出来。"麦卡都斯进入了火把照明的地下室。在圆形房间的正中心有一个普通的玻璃盒，里面密封着一张照片。这是一张残片，实际上是有几百年历史的泛黄照片残片。

他摸了摸玻璃盒，眯起眼睛看着这张照片。毫无疑问，照片上的男人正是此刻在楼上大快朵颐的那个。"嗯……"他嘟哝道。

他走到地下室的保险箱旁，从长袍里拿出钥匙打开箱子，从里面的架子上取出皮质本子，然后把它小心地塞进长袍，又锁上了保险箱。

他离开地下室，在京斯的小隔间旁停下脚步，"京斯神父，今天有其他人想要进入地下室吗？"

"只有您，阁下。"

"很好。"他点点头，"若是没有我的陪同，任何人不得进去。明白吗？"

托都斯圣殿的宴会厅一点儿也不比礼拜堂逊色。在长桌中间，上百支蜡烛闪烁着光芒，僧侣们围坐在长桌边上。莱恩觉得这很像霍格沃茨，实际上，这比霍格沃茨还要华丽。餐碗和高脚杯都镀了金，椅子看起来更像是王座，其边缘刻着一圈塔迪斯装饰图案——说实话，看着有点儿多余。

"忒皮卡修士！"某位年长的僧侣厉声说，"你的问题太没礼貌了！"

莱恩正用一大块面包抹着自己碗里油乎乎的奶油番茄酱（看起来可能是番茄）。忒皮卡自打回到圣殿，就开始不停地向他问问题。"不，没事。我不介意。"莱恩说。

相比之下，他更介意这里的所有侍从和厨房员工都是洛巴人。他们安静而高效地把炖菜、面包和红酒送到桌上，每个人的脖子上都戴着细细的金属颈圈。他很不喜欢，这感觉就像还在上大学的时候，餐厅服务员和保洁员中的有色人种总是比讲堂里的多得多。这一点在他看来极其明显，可能白人就不会这么敏感。

"《真理之书》上写到，当美好博士归来之时，他会带领所有人进入托都斯，我们将永生遨游在时空里。"忒皮卡睁大眼睛，"但那是什么感觉呢，莱斯明大天使？我实在无法相信这样的奇迹。"

莱恩耸了耸肩，"嗯，老实说这挺甜美的。"

"甜美？"有一名看起来也就十几岁的僧侣问，"像蜂蜜一样甜吗？像无花果一样甜吗？"

"不是。是……和博士一起旅行很……疯狂。"

"疯得像——"

"不！我是说，你会见到你永远想象不出的事物。好吧，我曾见过流淌着粉色水晶、还会唱歌的瀑布，是真的！我曾见过坐落在失落卫星上的独角兽庇护所，是真的独角兽。我还曾见过宇宙大爆炸就在我眼前发生。"

"宇宙大爆炸是什么？"忒皮卡问。

"呃……实际上，算了，你们可能还没做好准备听这个故事。但有时候也会很可怕，我猜这就是代价。可能就像生活准则一样，没有坏的东西，你就不可能得到真正好的东西。伙计，外面的世界有一些东西真的很可怕，也有一群又坏又疯的人做着骇人的事情，但她……我们……我们试着阻止这些坏人。我们把事情变得更好。"他看向宴会厅里等候人类主人调遣的洛巴人侍从，"至少我们会试着去做。"

在长桌的另一端，博士、格兰姆和麦卡都斯正开着他们的私人派对。博士面带微笑看着麦卡都斯。格兰姆注意到，她几乎没怎么动她那一碗丰盛的蔬菜杂烩之类的炖菜。

在整个宴会的大部分时间，博士一直满意地听着麦卡都斯喋喋不休地讲述《真理之书》的事，但现在她似乎终于准备发表意见了。"那么，麦基，我可以叫你麦基吗？太好了。你爱美好博士，我也爱美好博士，我们大家都爱美好博士。"她温柔地拍了拍格兰姆的胳膊，"但关于美好博士的事迹应该是他如何努力——常常以极大的个人付出为代价——在世界上作出积极的改变。他从不要求什么奖赏或者回报，对吧，美好博士？"

格兰姆的肚子已经吃撑了，他有点儿走神，"什么？对，是的。从始至终。没人喜欢追名逐利的人。"

"所以，麦基，"她接着说，"你可以看出我们有……多惊讶，惊讶于我们上一次的拜访如何变成了一整个信仰和法律系统的基础。我们的脑袋都要炸了！砰！"

麦卡都斯抿了一口红酒，"美好博士赐福灰狼星，改变了我们的历史进程。"

"仔细讲讲，从头开始。"博士说，"我迫不及待地想弄明白这是如何发生的了。"

麦卡都斯没有答话，而是看向格兰姆以征求同意。"按她说的做。我……嗯……同意了。"格兰姆说。

"好的。"麦卡都斯的背挺得更直了，"在六个世纪之前，首批人类移民来到了灰狼星。他们开始着手教育和帮助这里未开化的土著，我是说，洛巴人曾像野兽一样生活在这里，而且一开始非常抗拒人类的指导。后来，美好博士到来了，用他的智慧和无尽的爱赐福人类和洛巴人。"

博士挑起一边眉毛，"是他无尽的爱把洛巴人变成奴隶的？"

麦卡都斯看起来很惊讶，"是的。"

"什么？"

"据说美好博士在离开灰狼星前说的最后一句话是：洛巴人是'人类最好的朋友'。洛巴人的祖先就是家养的犬类，对吗？他们平生最大的乐事就是效忠于他们的人类主人。"

博士看向格兰姆。他的脸色变得苍白，"我确实这么说过。"

"拜托！"博士把脚从桌子上放下来，"你们要是按字面意思来理解这句话，那实在是……有点愚蠢。所以就凭这一句话，你们就把一半的人口变成了奴隶？"

麦卡都斯摇摇头，"洛巴人大约只占总人口的五分之一。

079

我……我很抱歉，美好博士，您看起来很不悦。我们只是试着遵循您的真言来生活。"

"我从未表示……"格兰姆十分震惊，自己随口一句话竟引发了这样的后果。这么多年来……有多少洛巴人……他感到一阵恶心，"我从未表示过这个意思。"

"我知道。"博士对他说，然后又转向麦卡都斯，"所以我们是否可以假定，那些抵抗军是为洛巴人奴隶解放而战？"

"天哪！不是的，美好护士，远没有那么单纯。他们是危险分子，是杀人犯，他们危及我们整个生活方式。他们想要摧毁圣殿，摧毁我们的信念，"他直视着格兰姆，"他们想要终结您。"

在爬了很长一段时间以后，亚兹终于看到前面的亮光了。那个女人先她一步出现在夜色中，然后把她拽了出来。现在依旧是半夜，但他们已来到一片沙滩上。这一定是某种雨水或者污水下水道。亚兹又脏又臭，浑身都湿透了，在夜晚寒冷的空气中瑟瑟发抖。"谢谢。"

"快点。"那个女人说着摘下防毒面具。她非常漂亮，有着丰满的嘴唇和浅褐色的皮肤。"现在你可以摘下这个了。走这边，我们不能暴露在外面太久。我叫玛利亚。"

亚兹摘下自己的防毒面具，"我叫亚兹。"

"我其实叫普雷。"之前自称鲍勃那个洛巴人说，很明显他根本不是什么老水手鲍勃,"快走,现在旧镇的所有圣殿守卫应该都在找我们呢。还有谁在监狱里?"

"拉莫斯和戴莉。"

"他们在哪儿?"

玛利亚看起来很痛苦,"我想拉莫斯应该逃出来了。戴莉她……她落在后面了。"

"该死!"他咆哮道,"我们不能待在这儿。"他的爪子牵起玛利亚的手跑了起来。

亚兹跟着玛利亚和普雷飞奔过沙滩。他们压低身体,躲在礁石的阴影里。她真的很想问他们到底要去哪儿,但她深深地感觉到现在不是问更多问题的好时机。

玛利亚回头看了看,然后跑进浪中攀上礁石,"上来。"她和普雷把亚兹拉了上来。亚兹穿着湿球鞋踏上凹凸不平的礁石,一阵风吹过她的头发,如果滑下去,她就会摔断脖子。他们互相帮助着向上爬,经过打滑的地带,直到爬进两块巨石间的窄缝里。玛利亚滑进了黑暗的洞穴。

"进来!就现在!"普雷喊道。

又一个狭窄的地方,真好。亚兹跟着玛利亚进入黑暗,感觉悬崖仿佛把自己整个吞入了腹中。

伊阿娜在倒垃圾的时候总算能放松一下。玻璃和纸类可以回收利用，食物残渣可以用来喂鸡、金泰[1]和猪。另外，她能在倒垃圾的时候离开圣殿出去逛逛，度过极其开心的十分钟。她的家族世代侍奉托都斯圣殿的僧侣，她很感谢这些修士为她提供食物和温暖的住所，她还能花一点宝贵的时间探索灰狼星的其他地方。当然，她从没走出过旧镇的边界。不过，在她妈妈生病的时候，为了采购食物她曾去过几次港口的集市。

"多么美丽的夜晚啊。"一个声音把伊阿娜吓了一跳。

出于本能，她控制不住地龇牙低吼了一声。当她转身看到其中一位神圣的客人站在她身后的台阶上时，她立即跪倒在地。要是让修士知道她冲客人吼叫……

"恳求您的宽恕，圣者啊。"

"起来吧，别傻了。"那个女人伸出一只手，"不管时间领主们在过去、未来和现在都说了些什么，从任何方面、外表和形式上来说，我都不是神。"

伊阿娜一点儿也没听懂。她抬头看着眼前的陌生女人，一大一小两轮月亮似乎倒映在她的眼中，她的头发在月光下泛着蓝色的光泽。她看起来真的很像天使。

"我想从那个'僧节'上出来透口气。"她说，"你介意我跟你一起待在这儿吗？"

---

[1] 本书作者虚构的动物。

"不介意,我的神——"

"嘿,我刚才怎么说的来着?"

"我要回去工作了。"

"别别别!过来陪我坐一两分钟,可以吗?"她拍了拍身边的石阶,"你叫什么名字?"

"伊阿娜。"

"姓什么?"

"我是洛巴人。洛巴人禁止拥有姓氏。"

阴霾笼罩了博士的眼睛,"真是令人惊讶。过来和我坐坐!好吧,如果你愿意的话。看起来你在这儿听的命令已经够多了。"

伊阿娜坐在了博士身旁的石阶上,出于尊敬与她保持着距离。她把围裙和红棕色的毛发抚平。

"伊阿娜,这里发生了什么?洛巴人从前并不是奴隶。"

天哪,这个陌生人一定是神,因为其他人都不敢说这种亵渎神灵的话。上一个敢挑战圣殿的律法的人类女人——疯子克里斯特贝尔——就在旧竞技场里被撕成了碎片。伊阿娜那时候差不多只有七岁,显然还不可以进入竞技场,但人们空闲的时候都在谈论那件事。"我们侍奉人类。"

"但为什么?"她凑近了些,"我上次来的时候,这儿还是你们的星球。你们还是自由的。"

伊阿娜摇摇头。她压低声音:"请不要告诉修士这是我说的。"

"当然不会。"

她不知道自己为什么相信这个陌生女人,但她确实全心全意地信她。"洛巴人不能上学,但在打扫卫生或者做饭的时候,我们有时能听到一些学校的课程。他们并没有教孩子们在美好博士到来之前的历史,他们只提到灰狼星曾经是颗荒蛮的星球。"

"这不是真的。"

"嘘!"伊阿娜的声音更小了,"我外婆死前也是这么说的。她曾给我和我的兄弟们讲睡前故事,说洛巴人曾如何光荣地统治着灰狼星,说我们曾是国王和王后。"她摇摇头,"但这只是洛巴人讲给幼崽的故事罢了,我又不是傻瓜。"

"我是,而且这并没有那么糟糕。"博士笑了笑,"洛巴人不是生来就是奴隶,你明白吗?"

伊阿娜皱起眉,"我们欠人类我们的命,因此我们侍奉他们。"

"你们不欠他们任何东西。"

"我们欠了!如果不是他们,那场大瘟疫会让灰狼星上的所有人都丧命。"

陌生人脸上的笑容消失了,"什么大瘟疫?"

伊阿娜想知道这个人类女性是不是真的傻。作为天使,她怎么连这颗星球历史上最重要的部分都不知道?"五百年前,人类和洛巴人打破第一条戒律,美好博士惩戒了世界。"

"哎呀,我可不喜欢这话。继续讲。"

"堕落降临了。"

"堕落?"

"早期的人类移民中,有一些女人犯了戒律……和当地洛巴人男性……厮混在一起。"

"明白了。这解释了很多事。"

"那是明令禁止的。"

"现在也是?"

"《真理之书》中写道,美好博士很不悦,于是发动了一场可怕的灾祸。几乎所有的洛巴人和混血种都死了,整颗星球濒临毁灭。直到圣殿建起来,拯救了我们。"

"有意思。具体讲讲呢?"

洛巴人耸耸肩,"圣殿带来了和平与秩序。他们收留了洛巴人,还训练我们,给我们工作。我们的生命因圣殿而变得有意义。"

"然后便一直如此了?"

伊阿娜点点头,"圣殿救了我们所有人。如果遵循美好博士的真言,我们就会生生不息。"

"伊阿娜!"拉斯特在厨房喊她。她在外面聊得太久了。

"我得走了,抱歉。"她连忙跑上台阶。

"是的。"博士噘起嘴,"你们会生生不息的,亲爱的。"阴霾又重新笼罩了她的眼睛。

10

这是亚兹见过的最黑的黑暗。他们在山洞中越走越深,玛利亚举着火把,跳跃的火光是她唯一能看见的东西。这里又冷又潮,水珠从岩壁滴下,落在亚兹的头顶。这里太黑了,她所能做的只有集中精力找寻下脚之处。

脚下的大地似乎在抖动。"你们能感觉到吗?"她朝前面喊,"是不是地——"

突然,山洞晃动得更厉害了。亚兹的脚在潮湿的岩石上打滑了,她踉跄着往前倒去。在黑暗中,她找不到可以扶稳的东西,只好痛苦地双膝跪地。普雷在她前面也跌到了。"哎哟!"她大叫一声,紧紧抱住自己的腿。

玛利亚从地上捡起掉落的火把,"震动越来越严重了。"

"我们得再往内陆走,往坎达的方向走。这里不再安全了。"

"听着,我知道我问了一大堆问题,但现在发生了什么?我们要去哪儿?你们是什么人?实际上只有三个问题,轮到你们回答了。"亚兹说。

在黑暗中,她听到了普雷的叹息声。"我们快到大本营了。在那儿我可以向你解释所有的事情。"他把亚兹拉起来,"你受伤了吗?"

"只是擦破了膝盖,没事。"其实她在撒谎,她的腿真的很疼,但她又不想表现得太懦弱。"那我先说吧,我也没必要撒谎。我并不来自灰狼星,而是来自很远很远的地方。说实在的,我真的不知道发生了什么。我之前曾来过灰狼星,但——你们可以选择不相信这一部分——是在另一个时期。"

"哈!"普雷说,"听起来你完全像是外星人。"

"我是人类,但我绝不是你们的敌人。我只知道我和同伴们走散了,我是说,没关系,博士也确实不用随时照顾——"

"博士?"玛利亚打断她,"什么博士?"

"是我的朋友。她就叫'博士',非常靠谱,怎么了?"即使在黑暗中,她也注意到普雷和玛利亚交换了一个意味深长的眼神。

"她?没什么。"

亚兹知道自己说错了什么话。地震又来了,她感觉粉尘簌簌扑落在她的头发上。这次晃得不太厉害,她还能站稳。如果这里是矿井,那么它好像不太安全。震动越来越强烈,听起来像是风钻的声音。她还隐约听到点儿别的声音。

过了一会儿,她发现自己能看清路了,她的前方出现了灯光。

"他回来了!"当普雷出现在灯光下时,有人喊道。

亚兹看了看四周,发现隧道逐渐变宽,最终形成了巨大的地下洞穴。所有东西都是临时拼凑起来的,但看起来还像个营地。这里到处都是帆布、帐篷和脚手架,电缆缠绕在脚手架上,灯悬挂在电缆上,发电机在一旁轰隆作响。

人类和洛巴人都头戴安全帽,手持火把。他们在洞穴里走动着,各司其职。这里就像蜂巢一样,大家工作起来很有效率。飘荡在洞穴里的肉香让亚兹想起,她已有好几个小时没吃东西了。

"爸爸!"一个和亚兹年纪相仿的女孩扑进普雷的怀抱。"再也别这么做了!我很担心你。"她开玩笑似的拍着他的胳膊,"让值班的巡逻队给抓住!你是有多不小心?"

普雷紧紧抱住她,"你应该知道他们没那么容易关住我。"

那个女孩十分美丽动人。她有着玛利亚的浅褐色皮肤和黑色长发,也有她爸爸的尖牙和敏锐的蓝眼睛。和她爸爸一样,她的头发里也夹杂着银色的斑点。"这是谁?"

"佳雅,这是亚兹。"玛利亚说,"我们现在负责照顾她。能请你检查一下她的膝盖吗?"

亚兹低头发现自己的左腿满是鲜血,不知道之前她在隧道里爬过什么地方。这伤看起来比她预想的要严重得多。

"当然!"佳雅说,"那一定很疼,跟我来吧。"

洞穴看起来像是某种会合处,连接着数条通往不同方向的隧道。"能帮帮我们吗?"一个声音从其中一条隧道里传出。

"真是一刻都不得休息。"玛利亚说着,和普雷跑去帮忙。

"没事的,"佳雅对她说,"他们会解决的。跟我来,要是你的腿感染就不好了。"

"等等!"亚兹突然停了下来。她看到一队洛巴人正从大一点的隧道往主洞穴走去,他们用手推车拖着某个非常眼熟的东西。它侧倒在车上,上面盖着油布。只可能是那个东西。"喂!"她喊道,"你们在哪儿找到的?"

所有人都停下来看她。"她是谁?"某个年轻的洛巴人问。

"别管这个!"亚兹说,"那是我的宇宙飞船!"

他们把油布掀了起来。

塔迪斯露了出来。

此刻,差不多有五十名僧侣包围着莱恩,安静地聆听他说的每一个字:

"然后我就说:喂,白蚁怪!来咬这个!接着,我就像《X战警》里的暴风女[1]一样,我的手投射出闪电劈了过去,然后就很恶心了,那个白蚁怪被炸开了。然后我就说:现在你知道我的厉害了吧!"

---

1. 漫威漫画的超级英雄,X战警成员,能够感应并影响如闪电等气象能量形态。

"谢天谢地！"一名年轻僧侣说，"但是，莱斯明神，什么是白蚁？"

"这儿你没听明白？好的。"莱恩看见一个会飞的圆球渐渐逼近他的头顶，"这到底是怎么回事？"

忒皮卡突然站了起来，"抱歉莱斯明神，那是找我的。"飞眼飞走了，忒皮卡连忙跑过去跟上它。

这看起来有些古怪。忒皮卡一晚上都黏在他身边，怎么现在说走就走了？莱恩说了句"不好意思"，便拨开僧侣跟了出去。有人抱怨节目怎么就结束了。

莱恩跟着忒皮卡跑出宴会厅，来到安静的走廊。"等等，忒皮卡。是什么事？与我的朋友亚兹有关吗？"在亚兹失踪的时候，他却在吹嘘自己的旅行经历，这让他感觉有一丝愧疚。只要他能帮她，他就一定会帮。

僧侣犹豫了一下，一时语塞。

"我……呃……用我天使的权利命令你告诉我。"

这个可怜的家伙面露难色，"莱斯明神，您这是在考验我。"

"我只是担心我的朋友。如果你有什么消息，那我得知道。"

忒皮卡环顾一下四周，然后走近他低声说："我冒着生命危险告诉您，我的神。我在抵抗军的阵营里有线人，他给我提供关于他们密谋的重要信息。宴会前我用飞眼给他递了消息，想打听您朋友的事，他已经回复了。"

"间谍？"莱恩说。

"求您了，请小点儿声，莱斯明神！圣殿里有些人同情……那些亵渎神灵的抵抗军渣滓。很难说没有人在偷听我们的谈话。"

莱恩点点头，"隔墙有耳，知道了。那你打算怎么做？"

忒皮卡又观察了一下四周，确定没有人在偷听。在墙的另一边，大厅里的僧侣似乎对和格兰姆讲话更有兴趣。格兰姆依次为僧侣"赐福"，他的手在他们的头上挥来挥去。"飞眼会带我到线人那儿去，然后他会给我情报。"

"太棒了！我能一起去吗？"

"不行！我是说……不可以，奇妙的神。"

莱恩不情愿地交叉双臂，"那好吧。要么你带我一起去，要么我就等几分钟再偷偷跟着你，你自己选吧。"

忒皮卡叹了口气，他知道莱恩这是在逼他。"好吧，如果您一定要去，"他左右张望，"那就走这边，快！"他打开木门溜了进去。

莱恩跟着他低头走进去，发现自己和忒皮卡挤在漆黑的衣帽间里，"伙计，你们就在这儿见面？"

他听见忒皮卡咂了下嘴。"这个！把它穿上！"忒皮卡往他的胳膊里塞了一件长袍，"不然弟兄会有一半的人都会跟着我们。"

"知道了。"莱恩发现这件灰色长袍跟博士的大衣样式相仿。他戴上兜帽盖住头脸，"好了。"

"跟紧我。"

两人按原路溜出衣帽间。飞眼仍耐心地等在那儿,等忒皮卡出来后便继续引路。忒皮卡跟着它在走廊里飞奔,莱恩用尽全力跟了上去。

"我说了!"格兰姆的声音传到了走廊,"我就是普通人,我不坐在云上。我们只是四处旅行,尽我们所能帮助他人!"

"您的自谦是如此虔诚,美好博士。"麦卡都斯回复道。莱恩轻笑着跑进夜色之中。

"我们一般碰头——"忒皮卡说。

"你们这是要去哪儿?"博士突然从其中一道打开的拱门里现身,跳到他们面前。

"我的天哪!我讨厌你这么干。"莱恩说,"我们就应该给你戴上猫铃铛。"

"从你自己的宴会上化了装溜走?真是无礼,莱斯明。我能加入吗?看起来很好玩儿!"她冲他咧嘴一笑。

"当然不行!"忒皮卡看起来可能随时都要崩溃了,"这真的有点过了!"

"忒皮卡在抵抗军的阵营里安插了间谍,"莱恩解释道,"我们去看看他是否知道亚兹在哪儿。"

博士点点头,"这个人的主意真棒,我喜欢。我也要一起去,我想见见那些抵抗军。事实上,他们可能才是对的。"

忒皮卡摇摇头，"如果我的线人看到我们有三个人，他不会出现的。他有很大风险。"

莱恩指向宴会厅，"而且，格兰……我是说美好博士，我觉得他也许需要支援。麦卡都斯真把那里当教堂了，让他给所有人赐福。"

博士叹了口气，"那好吧。忒皮卡，你是叫这个名字吧？莱斯明是美好博士最信任的门徒，如果他有任何闪失，美好博士会非常伤心的。"

莱恩感到心里涌出一股暖流。

"当然，美好护士。他会很安全的。"

"很好，见完就直接回来。我们一起去接亚兹。"

莱恩点点头。博士相信他不会做什么傻事，所以他不能让她失望。

飞眼发出的哔哔声提醒他们赶快行动。

"快，"忒皮卡说，"我们得抓紧了。"

博士用力抱了抱莱恩。然后，莱恩跟着忒皮卡跑远了。

11

"你们想用它做什么?"亚兹生气地问,"你们不能就这样把别人的时光机偷走!"

那一小队抵抗军像看疯子一样看着她。

"那是……那是我们的。"亚兹怯生生地补充道。

普雷一脸狡黠地看着她,"我觉得你应该解释一下了。"

"啊!我觉得你才应该解释一下。"亚兹反驳道,"你们为什么要偷这个东西?"

普雷笑了起来,他看向正在把塔迪斯放下来的年轻洛巴人,"说吧。"

"我们……我们觉得这是圣殿装备的新型武器。"

"我觉得我们应该拆了它。"另一个洛巴人说。他们在山洞里待得太久了,身上都脏兮兮的,满是灰尘和煤烟。

"那祝你们好运吧。"亚兹说,尽管她不想检测塔迪斯是否如博士声称的那样坚不可摧,"它不是武器,而是艘飞船。它不会伤害你们的。"

当亚兹和普雷陷入僵持的时候,玛利亚插嘴说:"坐下来歇歇脚吧。"然后,她搀着亚兹走到行军床边。紧张的气氛似乎得到了缓解。

"那你呢?"普雷冲她吼道,"你的真实身份又是谁?"

亚兹的膝盖现在隐隐作痛,她耸耸肩,"老实说,我是时间旅行者。"有时候,不管听上去有多荒唐,唯一的办法就是说真话,"我和我的朋友们在时空中旅行,我们曾来过这儿,我想应该是在你们的过去……一切都和现在不太一样。"

"怎么不一样?"佳雅问。

从何说起?"首先,洛巴人没有戴着那些颈圈,也没有吓人的飘浮圆球随时准备把你击昏,更没听说过什么掌权的圣殿。"

普雷和玛利亚交换了一个会意的眼神。"圣殿统治灰狼星差不多有六百年了。"

亚兹试着伸出腿,感觉还是很疼。"那我猜我们上次来灰狼星是六百年前。听着,我不知道发生了什么,但我的朋友……博士……很可能知道。"

"博士?"佳雅问。

"你之前也提过。"普雷说。

佳雅看起来很迷惑,"美好博士?"

"什么?"现在轮到亚兹糊涂了。

"据说是美好博士,"佳雅解释道,"六百年前来到灰狼星。

圣殿以他为核心构建了我们的整个社会。他是神。"

亚兹眨眨眼,"他?肯定是哪儿翻译出差错了。"

隧道又开始晃动,亚兹脚下的地面也在抖动,她抓牢佳雅来保持平衡。有些脚手架松动了,砸在地上哐当作响。岩石碎屑如雨点般落下,撒了他们一身。

"不开玩笑,我们在这儿安全吗?"

普雷和玛利亚再次暗中交换的眼神否认了这一点。他们究竟为什么要到这下面来?离圣殿越远不是越明智吗?

"这些矿井还在开采吗?"

"不,这里已经荒废很久了。"玛利亚说。她忧虑地看着洞顶。

"你的膝盖怎么样了?"普雷问,"佳雅,你给她包扎一下,再找几件干净衣服。她浑身臭烘烘的。"

"谢谢。"亚兹说,"你还指望我怎么样?我刚爬过——"

普雷没理她,"我们得从这地方离开。所有人打点行装,我们十分钟之后离开,除非你们想被活埋在这儿。"

大家立刻行动起来,开始打包营地的炉子、行军床、搁板桌和各种工具。"到医疗点来。"佳雅帮她站起来,"我们来看看你的膝盖。"

亚兹看看头顶的钟乳石。当它们全砸下来的时候,她可不想待在下面。

大地又开始抖动,如同要苏醒过来一般。

"美好博士,"某位年老的僧侣问,"世上最重的罪孽是什么?"

"美好博士,"另一名问,"哪些罪孽能得到救赎?"

"美好博士,"第三名僧侣又问,"只是想一想也会和行为一样犯罪吗?"

"好了!"格兰姆站起身,"美好博士现在想喝杯茶,除了奶,再加两块糖。然后我想和美好护士单独谈谈,谢谢。就现在。"

博士站在窗台边看热闹,忍不住笑了起来,她的腿前后摆动着。她一点儿也不介意给自己放个假,不用做管事儿的。

麦卡都斯站起来,猛地拍了几下手,"你们听见他的话了。全部马上离开,马上!你,那个女仆,给美好博士拿他想要的东西。"伊阿娜鞠了个躬,急忙跑了出去。

"如果可以的话,请你也出去吧,麦卡都斯。"格兰姆一分钟也装不下去了,他就要炸了。

"当然,我的至上之光,一切如您所愿。您是否愿意到我的私人阅读室小憩一下?"

"谢了,伙计。"

麦卡都斯领着格兰姆和博士走上狭窄的螺旋式楼梯,又走过点着蜡烛的长走廊,终于到了一间更舒适的房间。在格兰姆看来,这里像是图书馆和办公室的混合体。布满灰尘的旧书摆在一排接一排的书架上,桌子上还有摞得高高的卷宗。麦卡都斯鞠躬后离开了,留他们在房间里单独待着。

格兰姆一屁股坐进一把浮夸的扶手椅,揉着自己的太阳穴,"我跟你说,当这个至上之光实在是太难了。"

"格兰姆,你做得真的很棒。"博士一边说一边把头伸出门外,检查走廊里是否没人了。她看起来很满意,他们终于能自由地说话了。"他们给你君王般的礼遇,我们不仅什么麻烦都没有,而且当你说'跳'的时候,他们只会问你'要跳多高'!"

"拜托,我真不知道还能坚持多久。"

"我理解。不过,尽量撑到我们把亚兹找回来行吗?然后……"

"然后什么?"

博士坐在脚凳上。"格兰姆,"她叹了口气,"我不喜欢我在这儿看到的景象,你呢?"

格兰姆摇摇头,"这……真疯狂!我们曾经只在这儿待了几个小时,现在却变成了他们的全部信仰还是什么的!"

"而且,如果你是女人或者洛巴人的话,这可不是什么令人开心的信仰。"她气愤地举起双臂,"几个世纪前这里爆发了某种疾病,圣殿正巧把它归咎于女人和洛巴人。而奇怪的就是这一切是怎么发生的,对吧?"她跳下脚凳。格兰姆注意到她每次坐下来都没超过两分钟,她的精力堪比蜂鸟一般。"我甚至不能怪麦卡都斯,尽管关于他的争议悬而未决。看看这些发霉的旧书,它们都是几百年前的了,竟然没有人质疑它们,一切变得顺理成章。还有传统,为了所谓的传统。全世界我最讨厌的东西之一就是传统,比橄榄还讨厌。"

"橄榄又怎么得罪你了?"

"我们现在可没时间讨论橄榄的罪过,格兰姆。我们已经在这儿待了很长时间了,希望莱恩能找到亚兹的下落。"

"什么?莱恩在哪儿?他们两个,老实说,就像放养的小猫一样,你刚刚找到一只,另一只就开始往别的地方乱跑。"

"他去执行秘密任务了,但他很安全,我保证。好吧,是我希望。等我们找回亚兹,我就要……修正这里的问题。"她绕着阅读室踱步,最后停在一只又高又窄的柚木柜子前。柜门上挂着锁,她把铜锁放在掌心,把它翻了过来。"嗯……不知道里面有什么,也许藏着那些人严重的厌女症和强烈的种族歧视?"

"这不是你的错。"

一向不正经的博士突然严肃起来。她放下锁,让它哐当一声撞在柜子上,"是吗?"

格兰姆抬头看见天花板上深绿色的玻璃灯开始摆来摆去,紧接着整间屋子都晃动起来了。博士紧紧抓住书架,而格兰姆只能握紧椅子的扶手。几本书哗啦啦地掉在地上。震动来得快,去得也快。

"刚才发生了什么?"格兰姆问,他的心怦怦直跳,"地震?"

博士皱起眉,"我不知道,而我讨厌什么都不知道。"

"比橄榄还讨厌?"

"别犯傻了,格兰姆。橄榄要糟糕得多。"

酒馆在这六百年间几乎没什么变化,还是又小又挤,但令人舒适。果酱罐做的灯悬挂在天花板。客人中有人类也有洛巴人,他们高举着摇晃的酒杯,吵闹地唱着歌。酒客们吸着装有烟草的长烟管,吐出的烟雾弥漫在空气中。

在酒馆壁龛里的小台子上,银灰色毛发的老洛巴人在演奏看起来有点类似手风琴的乐器。莱恩没听出来是什么歌,但感觉像他从前在学校唱的水手号子,像是《我们如何处置喝醉的水手?》[1]之类的歌曲:

我宁愿,做出海的人,

沉沦我的后半辈子。

我宁愿,没入五十英尺深,

也强过家里的老婆孩子!

酒馆里满是看起来和闻起来都像是水手、渔夫和码头工人的客人,他们扯着嗓子举杯欢呼。莱恩觉得自己将来还挺想结婚生

---

1. 著名的爱尔兰船歌。

子的，不过此刻也跟着大家一起鼓掌大笑。

"别引起别人的注意。"忒皮卡低声说。他们在外面脱掉了长袍，没戴兜帽的忒皮卡看起来就像一名和莱恩同龄的普通男孩。"酒馆是鱼龙混杂的地方，如果他们知道我们是圣殿的人，只怕我俩在这里会非常'受欢迎'。我是说，我的天哪，想象一下要是他们知道莱斯明神就走在他们中间，那会引起骚乱的。"

"伙计，冷静点！没事的！"莱恩拿出他混进谢菲尔德学生会酒吧的那种"我就是这儿的人"的范儿，"我们要找的人是谁？"

"在那边。动作别太明显，莱斯明神！在角落里。"

莱恩转过身，差点把一整桶酒都撞倒了。"抱歉！"他说，像他这么高的运动障碍症患者没办法完全做到小心谨慎。他看见一个孤零零的身影躲在角落隔间的阴影之中，那人一边喝酒，一边专心而匆忙地在似乎是某种日志本的东西上写着什么。

"我得给他买杯酒。"忒皮卡在挤满了人的吧台前排队，然后买了三杯溢满泡沫的果香麦芽酒。莱恩喝过这种酒，在六百年前，但也是同一天。天哪，他现在随时都可能要倒个时差。

忒皮卡用托盘端着酒走过去。莱恩踌躇不前，不想吓跑线人。在微弱的烛光中，莱恩看到那个间谍用暗绿色的围巾裹住了头，只剩一双敏锐的蓝眼睛透过昏暗的光线仔细地注视着他。从毛茸茸的大爪子和锋利的指甲来看，他是洛巴人。

"这人是谁？"洛巴人低吼道。

"谁也不是。"忒皮卡坐进隔间,莱恩挤在他身边,"朋友而已。"

"你相信他吗?"

"用我的生命保证。"忒皮卡坚定地点点头。

"这就够了。现在,把我的酒和金币给我,光屁股猴子。"

忒皮卡把酒杯和装有金币的叮当作响的小袋子递给他,"给你。现在告诉我们,抵抗军在哪里?"

"有人类女孩跟他们在一起吗?"莱恩急切地补了一句。

"抵抗军还在挖掘山里的洞穴,但那块地越来越不稳定了。普雷正在让整个队伍搬到旧镇东边的旧锡矿井去。"

"地震就是那个原因造成的?"莱恩问。在他们去酒馆的路上,有一会儿震得挺厉害的。

"是的。"

"真是愚蠢。"忒皮卡说,"一不小心他们会把整座旧镇都毁了。"他转向莱恩,"现在已经出现塌方了。巨大的裂缝把房子拆成了两半。"

"全是为了摧毁圣殿。"陌生的洛巴人低声说。

"那我的朋友呢?"莱恩问。

"她和抵抗军在一起。"

"太好了!"莱恩感觉肩膀终于放松下来,尽管他还是想知道,亚兹是不是自愿和抵抗军在一起的。"她和抵抗军在什么地方？她安全吗？"

"我不能保证她是安全的，这个时候他们应该是在东矿井。"

"所有人？"忒皮卡问，"你确定？"

"所有人都在，还有他们的武器和钻头。"

忒皮卡笑了，"这就行了。我们可以让这一切做个了结，再也没有攻击和暴力。今晚一切都该结束了。没有普雷，他们什么也不是。"

"什么？"莱恩说。

"快！我们必须通知麦卡都斯！"忒皮卡赶紧站了起来。在他走之前，那个陌生的老洛巴人从日志本上撕了一页给他，忒皮卡把它塞进裤腰里。

"等等！"莱恩说，"那亚兹怎么办？"

"平定叛乱的时候会找到她的！我们知道他们的动向了！快走！我们得返回圣殿。"

莱恩回头看了一眼蒙着脸的洛巴人，他发誓在那人狡黠的眼睛里看到了一丝笑意。他怀着不太好的预感，笨拙地跟在忒皮卡身后走了出去。

12

旧镇的市长毕默思·贝伦住在海角上的别墅里。那里可以俯瞰整片海域,还有重兵把守。麦卡都斯的巴吉车在庄严的大门前缓缓停下,守卫检查了车里,然后挥手让他和他的陪同人员开了进去。

麦卡都斯每天晚上都来别墅给贝伦和他的妻女赐福,这是历任市长留下的传统。不过麦卡都斯发现,他每晚的例行到访颇有收获。

洛巴人管家雷克斯有一身灰白的毛发,已近风烛残年,他已经服务过三任市长了。他请麦卡都斯走进富丽堂皇的别墅,领他上楼去贝伦的私人办公室。别墅开着窗户,海风轻轻掀起窗帘。在麦卡都斯看来,这家人毫无品位又铺张浪费。要他说,黄金和珠宝只能是圣殿专属,只能用来敬奉美好博士。这座别墅真是艳俗又不合时宜。

在进去之前,雷克斯先敲了敲办公室的门。麦卡都斯瞥见市长从端着一盘奶酪和红酒的洛巴人女仆身边飞快退开。他什么也没说，但默默记了下来，等要换市长的时候能用得上。

"阁下，快请进！"贝伦的脸腾地一下红了。他擅于交际，体格壮硕，有着浅褐色的皮肤和油腻的黑发。"你出去吧。"他对那个女仆说。她低着头经过麦卡都斯身边，匆忙走了出去。

"我们开始祷告吧，贝伦市长。"

市长把办公室的其中一面墙用作神龛，上面点着蜡烛，铺有瓷砖的凹陷处放着一尊美好博士的铜像。贝伦跪在神龛前的红色矮凳上，"感谢您离开宴会到这里来，阁下。"

"这没什么。"麦卡都斯为他赐福，依照托都斯的形状，用手在他的前额画着方形。

"人们议论纷纷，麦卡都斯，"贝伦闭着眼睛说，"都说他归来了。"

消息在旧镇的传播速度快得可怕。麦卡都斯原想把贝伦蒙在鼓里再久一点，这个蠢货只会给他添乱。"有人来到了灰狼星。"

"是他吗？"

麦卡都斯多么想相信就是他。《真理之书》上写了他会归来，不然还有什么可能？他长得和仅存的照片上的人那么相似，而那照片保存在圣殿最安全的地下室里。但麦卡都斯的直觉告诉他，在美好博士归来的那一天，他的内心会更加坚定，如同他的爱与虔诚一样坚定。现在就在圣殿里等他回去的那个人并没有让他产生坚定的信念。麦卡都斯这一生都从未质疑过美好博士，可现在……

他笑着对贝伦答道:"我相信他应该是。"

"应该是?"贝伦的眼睛一下子睁开了,"阁下,您是说神就在我们中间?"

麦卡都斯从大杯子里倒出一小杯红酒,赐了福之后递给市长,"你看起来很担心,毕默思?这一天不是早就预言了吗?"

贝伦磕磕巴巴地说:"对,是的……我是说……我的意思是……这意味着什么?《真理之书》教导我们,他只会在终结之日归来,带领我们和他一起……"

"是的,贝伦,我知道圣典里写了什么。"麦卡都斯将一只手放在市长的头上,"心中莫存恐惧,相信美好博士。如果他归来了,那一定是来拯救我们的。这场和抵抗军的战争出现了终结的征兆。"

市长抬头看着他,"你真的这么认为?"

"毕默思,你相信美好博士吗?"

"全心全意。"

"那就相信我。"麦卡都斯在市长肩头轻轻拍了拍,"我相信这次的到访便是征兆。美好博士是来帮我们摧毁抵抗军的。你能授予我为旧镇人民的最大利益而行事的权力吗?"

"可以,尽管去做您认为必须做的事吧。"

麦卡都斯颔首,藏住唇角的一丝微笑,"保佑你,我的子民。"

亚兹试着用她打了绷带的腿走路。佳雅帮她清洁以后，又给她涂上了麻醉剂乳霜。那是某种难闻的鸡蛋混合物，刚涂上去时感觉有些刺痛，然后感到发热，现在变得没什么知觉了。这样就好，虽然有点儿跛，但是她可以走路了。

在洞穴的另一边，她看到普雷正在研究塔迪斯，他的爪子在门上摸索着。

"你进不去的。"亚兹告诉他，"佳雅去哪儿了？"

"去取供给物资了。"普雷高声说，"这是个盒子。一个木头盒子。"

亚兹笑着摇摇头，"可远远不止这些。"

普雷眯起眼睛，"我知道了。这是灰狼星上的死亡象征。你知道为了建造山上那个巨大可怕的东西，死了多少洛巴人吗？"

亚兹无言以对。她又能说什么呢？她甚至不能假装感到惊讶。无论她去哪儿，历史都是建立在奴隶的白骨之上的。

"你说这是时光机？"

"对。"

"你能操作吗？"

"不能。"亚兹回答。虽然她近距离观察过博士操作，也知道其中几个按钮是干什么的，但一直以来，博士和塔迪斯看上去都像是共同合作的同伴，而不像使用者在操作机器。

"不过,"普雷接着说,"理论上来说,这个东西能带我回到过去?"

她看出话题的走向了,"理论上来说,是的。"

他似乎在嗅塔迪斯,"我可以回到过去。在圣殿刚开始建立时就毁了它,在洛巴人成为奴隶前就解放大家。"

"普雷,不行的。"亚兹尽可能带着同情的语气对他说,"事实已是事实,你不能改写历史。"

"为什么不行?!"普雷低吼道,"你自己说的,圣殿就这么做了。"

"这不一样。你说的是……悖论。"博士曾无数次尝试跟她解释,但每次都以把她的脑子搅成糨糊告终。"普雷,你之所以存在,是因为历史是按现在的道路前进的。如果你返回自己的时间线,你就冒险改变了导致你出生的事件,不只是你,还有玛利亚的生命,以及佳雅的生命。"

"也许牺牲是必要的。"

亚兹缓缓地摇摇头。她和普雷在一起第一次感觉到了不安。他的眼中流露出一种倔强的神色,亚兹曾经见过,那是执念。"你不是当真的吧,普雷?我是说,你想要怎么做?你想怎么阻止宗教?"

他思考了片刻,"杀死它的神。"

当修道院的钟声响起时,格兰姆知道准没好事发生。在过去的一小时里,博士一边看《真理之书》,一边发出啧啧声。当钟声敲响的时候,她立刻把书扔到一边,一溜烟跑了出去。格兰姆只好跑着跟上她,这最好对他的心脏有益处。"博士,你能慢点儿吗?"他上气不接下气地说。

"反正今天是不可能了。"她指了指队列严整的僧侣和圣殿守卫,"他们全都朝礼拜堂去了。快点儿,别磨磨蹭蹭的,我们去看看发生什么事了。"

很显然,钟声是召集大家去祷告的。离礼拜堂越近,听见的声音就越大。恭顺的会众拥入宏大的教堂。博士和格兰姆所要做的就是混进去。

"站住!"一名年老的僧侣命令道,"女性不得进入圣殿!"

博士慢慢转身,"他说可以!"她指了指格兰姆,"别惹美好博士!"

"新的规定!"格兰姆补充道,"我们现在允许女性进入了,跟上。"

那位僧侣看起来很疑惑,但还是让他们通过了。他们走下宽阔的台阶,通过一扇边门走进大厅。格兰姆觉得整座圣殿就像布满通道和走廊的兔子窝,但所有的路都通往他的神龛。僧侣们有序高效地坐满座席的前排,守卫们则坐在后排。博士戴上兜帽盖住自己的头发,她是整个礼拜堂里唯一的女人。

"看!"她抓住格兰姆的手说,"莱恩在那儿!"

莱恩在祭坛附近的前排吃力地挪动着。博士他们穿过人群走到他旁边。

"莱恩!"她小声喊道。

"天哪,这太疯狂了!"他看到他们以后一边说,一边紧张地一步步挪动着。

"怎么了?"博士问,"你还好吗?亚兹还好吗?"

"我不确定一切是否还好。我们回来以后,忒皮卡跑去跟麦卡都斯说了这次会面得到的消息,然后钟声就开始响了。我不清楚是怎么回事。"

"你知道亚兹在哪儿吗?"格兰姆问。

"她和抵抗军在一起。那个陌生的洛巴人,也就是间谍,说她没事。"

"他们把她抓走了?"

"我觉得不是……我觉得她应该是和他们一起逃出监狱的。"

"你们都太棒了,我真不知道自己为什么要如此担心你们。"博士说,"我们走吧。"

麦卡都斯走上讲坛,他的身侧站着忒皮卡和一个面相严肃的蓝衣守卫,格兰姆猜他是守卫队长。"美好博士、美好护士、莱斯明神,以及我珍爱的弟兄会,我有重大的消息要宣布。"

礼拜堂里一片肃静。

"忒皮卡修士发现威胁灰狼星和平稳定的那些危险分子正在东矿井活动，他们像蟑螂一样畏缩在黑暗里。"

台下一片议论。

"弟兄们，肃静！经过几十年的动荡、暴力与谋杀后，我们终于有机会平定叛乱、恢复和平了。我已经和马克里斯队长商量过了，我们将把所有的圣礬守卫派往坎达，去拦截想要逃上地面的抵抗军。弟兄们，简单来说，普雷和他的手下将无路可逃，无处躲藏。"麦卡都斯看向格兰姆，"在我看来显而易见的是，我们全能的神，您的归来预示着这次神圣的胜利。在博士之日的前夕，我们必须消灭抵抗军。这是征兆！"

格兰姆看向博士，她正用最严肃的表情望着他。格兰姆只希望她想出计划了。

久经沙场的直升机从旧镇最高处的停机坪起飞了。莱恩有时候真弄不懂灰狼星，在看到飞行的无人机和直升机之前，这里感觉就像古代的地球。他猜，这个世界上所有的财富最终都送入了教堂或守卫队。在直升机起飞的同时，比巴吉车更大、更坚固、更具杀伤力的装甲越野车也开上了前往坎达的崎岖道路。

"我们也要去。"博士对麦卡都斯说。他们四个正站在停机坪上，在山坡最顶端俯瞰整条海岸线。

"天哪,不行。我强烈请求您留在圣殿,和我们在一起会很危险的,那些危险分子肯定会反抗,毫无疑问。"

"美好博士?"她提示格兰姆。

"对,我命令你带我们去东矿井。不能让我们心爱而神圣的伙伴……呃……受到任何伤害。"

麦卡都斯皱起眉,"但是……我的神,您不是……全能的吗?她不受伤害不是理所当然的吗?"

莱恩看了看博士,又看了看格兰姆。好吧,这个装神的谎言要被一点点拆穿了。莱恩怀疑麦卡都斯也开始察觉了,后者热切的追捧以肉眼可见的速度在消退。

"当行走于人类中间时,原始之地的肉体凡胎将我们束缚,我们便与你们没什么不同。"博士饶有兴致地说,"毕竟,不是说你们是依照我们的模样创造而成的吗?"

"所以,如果亚兹出了什么事,我会非常……愤怒。"格兰姆交叉双臂,想要看起来更有威严。但真没什么用。

他们的话似乎说服了这位祭司。"好的。"他对守卫示意,"巴洛斯中士,请你护送美好博士和他的追随者到坎达的东矿井。我和马克里斯队长共乘一辆车,我们到那边见。我想我不用告诉你车上的人有多么重要吧?"

"当然,阁下。"巴洛斯是个黑人小伙,差不多和莱恩一样高,但有他的两倍那么壮。"这边请。"

巴洛斯不敢直视他们的眼睛，一路带他们走到其中一辆装甲越野车前。博士边走边嘀咕着关于战争和杀戮的话。她先跳进车的后座——其实这车更像坦克——然后把莱恩和格兰姆也拉了上去。巴洛斯坐进驾驶舱，带着一行人出发驶进寸草不生的荒漠。在莱恩的印象中，在旧镇和坎达的中间有一个小镇，但现在也不复存在了，取而代之的是碎瓦残垣。

"计划是什么，博士？"格兰姆问，"请告诉我这次真的有计划，而不是你幻想有计划。"

"你竟敢这么说，"博士佯怒道，"我每次都有计划好吗！就算计划是假装我有计划。"博士咧嘴一笑，"但没错，这次我的确有计划。很简单，在那群傻瓜开火之前，我们把亚兹从矿井里带出来。"

莱恩喜欢这个计划。

到东矿井的车程并不远。幸好如此，因为莱恩没带他的晕车药，而路上又颠簸得厉害。远处，像是土狼或灰狼的动物在对月长啸。抑或只是洛巴人在号叫，谁知道呢？

车子转了个弯开上一条通往采石场的泥路，带起一片橘色的尘土。这个矿井有锈迹斑斑的竖井，还有一堆废弃的采矿工具，看起来有一段时间没运转了。

巴洛斯把车停在其他车旁边，麦卡都斯和其他年长的僧侣早已等候在此。"请您在这儿稍等，我的神。您在这儿应该是安全的。"麦卡都斯说。

"应该?"莱恩问。

"嘘!"博士说完,陷入了沉思。

直升机在上空盘旋,用探照灯扫视着这片布满岩石的地带。圣殿守卫在矿井的两个出入口筑起防线。出入口一个位于升降机处,另一个位于洞口,与曾用来走矿车的旧通道相连。马克里斯队长命令他的手下就位,用武器瞄准出入口,然后回到了停车的地方。他是一个皮肤粗糙的高个子男人,满头银发,左眉间横着一道白色的伤疤。

"报告进度,队长。"麦卡都斯命令道。

"守卫已守住所有出入口,阁下。抵抗军无路可逃。"

在地下深处,亚兹努力跟紧玛利亚在隧道中前行。麻醉剂的药效似乎在减退,她的膝盖又疼了起来。她现在穿着玛利亚给她的厚战斗裤和卡其T恤,她感觉自己非常像切·格瓦拉[1]。至少,如果她没有一瘸一拐的,她可能像他。

队伍平稳地行进着。几乎所有人都带着武器和设备,身后还拉着手推车。在队伍的最前面,抵抗军中的人类成员开着一辆车,普雷称它为打钻机。它看上去有叉车那么大,但有一间封闭的驾

---

1. 古巴革命领导人。

驶舱，前端还安装了炫酷的钻头。这辆车看起来好像曾有过一段好日子，如今却满身脏污、布满锈迹，还缠着胶带。它在隧道里突突地向前行驶，排出呛人的尾气。

"那是干什么的？"

"你说打钻机？"玛利亚回答，没有停下脚步，"我们把它偷来，然后修好了它。计划很简单，亚兹，我们要推翻圣殿，我是指字面意思。由于山体遭到不负责任地开采，旧镇的土地从几代人以前开始就不稳定了。他们本应该把那座愚蠢的圣殿建在更稳固的地方，但他们没有那样做。"

"你们要制造塌方？"

"对。别担心，我们预计他们有足够的时间疏散旧镇的人。塌方更具有象征性。"

光是一句"我们预计"可不成。"象征什么？"亚兹问。

"象征圣殿垮台。亚兹，灰狼星上四处散布着孤立的抵抗势力，我们在坎达、斯基吉普、法玛镇，直至北方的山脉都有成员。圣殿完全以旧镇为基地，但它的统治面覆盖了整颗星球。如果我们能推翻……那栋傀儡建筑……那就意味着我们胜利了。全世界的人类和洛巴人都会看清圣殿是多么不堪一击。崩塌、终结，随后迎来新的纪元。"

大地像脱缰的野马一样抖动起来，亚兹倒在了玛利亚身上，至少这次她能软着陆。但这次不是震动那么简单了，大地仿佛在咆哮，大块的岩石分崩离析。当玛利亚用胳膊护住亚兹的头时，亚兹屏住了呼吸，"玛利亚？"

"这次有点厉害。"她小声说，"坚持住。"

她就要被活埋了，而她什么都做不了。亚兹咬紧牙关，紧闭双眼，等待疼痛的降临。

可是，又一次，震动停止了。

她在心里数到五，才敢重新开始呼吸。

"快！"普雷在隧道前方大喊，"走啊！走啊！快走！这里不安全。"

玛利亚拉她起来。"没事的，"她说，"这种情况时有发生。我们开采一片区域来松动它，然后换下一个地方。没事的。"她重复了一遍。

亚兹一点儿都不信。

格兰姆看着一队圣殿守卫端着枪从矿井的洞口冒了出来。

"汇报。"马克里斯通过对讲机命令道。

"什么也没有，长官。"回答声响起，"没有生命迹象。完毕。"

"他们在那儿待过吗？"

"不确定。完毕。"

"飞眼呢？它们在更下面有什么发现吗？"

117

"没有，长官。"

在马克里斯旁边的麦卡都斯看起来很暴躁。"忒皮卡在哪儿？把他给我带过来！"他生气地命令道。

守卫们散开去寻找忒皮卡。"我们找不到他，阁下。"他们汇报道，"他一定是留在圣殿了。"

"以美好博士之名！那个不负责任的小子会折腾死我的！"

莱恩上前一步，"我之前和他一起在酒馆时，那个家伙确实说他们转移到了东矿井，我发誓。"

马克里斯立正站好，"阁下，我方人数比他们多，我们可以对矿井发起进攻，或者炸掉出入口，封闭他们的出路。这样一来，他们就会掉头回到旧镇，我们可以在那儿拦截他们。"

"或是活埋了他们！"博士站到麦卡都斯和马克里斯中间，"你们不能炸掉矿井。这会杀了他们的！"

"这个女人是谁？"马克里斯用几乎不加掩饰的厌恶语气说。

"真抱歉，美好护士。"麦卡都斯真诚地说，"但这场血腥的斗争，如您所知，已经僵持了太多年了。这些危险分子……他们反对美好博士传授给我们的一切，他们否认他的荣耀。只要我们有能力终结抵抗军，我们就一定会这么做。只是一小群叛乱者而已。"

"不！不是这样！任何理由都不足以为此开脱——尤其是以他之名！"她指向格兰姆。

格兰姆难为情地往前一步,"好吧,你们听到她说的了。有人在下面!我们的朋友也在下面!"

守卫和僧侣不安地看了看格兰姆,又看向麦卡都斯。

"格兰姆,"博士深吸一口气,抓住他的肩膀,"他们不会听我的,这些话必须由你来说。"

"我不行。"

"你一定行的。"

"好吧,管不了那么多了……"格兰姆爬上一块巨大的砂岩,俯瞰整片区域。他做了个深呼吸,"听着!喂!你们!你们在听吗?"守卫和僧侣都停下手中的工作,四处寻找是谁在说话。格兰姆紧张地继续他的布道,"我不知道人们都说了什么关于我的事,但我觉得……我觉得你们理解错了。我认为灰狼星的人有点曲解我的本意了。"

下面的会众,尤其是僧侣,惊慌地看向彼此。他刚才说的话……是在亵渎神明。他们的神遭到亵渎了。

博士悄悄把音速起子从内侧口袋里掏出来,把它举向天空。

"你在干吗?"莱恩问。

"表演时间到。等着看吧!"博士小声说。

格兰姆清了清嗓子,"听着,我很确定我从未说过因为别人的想法和你们的不一样,你们就可以杀了他们。我从来没说过这样的话,对吗?"

又一次，僧侣们面面相觑，众人议论纷纷。

麦卡都斯十分生气。"《真理之书》是绝对正确的！"他大喊，"那些偏离美好博士真言的人导致了文明的堕落。真理才是公义之道！"

"这些言论，真理，道路！你在说些什么，伙计？如果不做个好人，这些全都毫无意义！"

格兰姆身边的空气开始发光，绿色、蓝色、金色、粉色、紫色的光闪烁着。莱恩惊得张大了嘴巴。这就像……极光一样！北极光！

"怎么……怎么回事？"

博士咧嘴一笑。

"我打赌书里有这些话，对吗？"格兰姆继续说，"关爱汝之友邻之类的？待人如待己……呃……汝不可杀人？很明显不是吗？"

闪烁的光继续在格兰姆身边打转，甚至变得更加明亮了。一些僧侣和守卫敬畏地向后退缩。

"友善一点！我很确定这才是我说的话。友善一点！杀人、活埋可并不友善，对吗？"

光熄灭了。

"你怎么做到的？"莱恩问博士。

博士笑了，"太简单了。一些井下残留的气体还在向地面渗出。只要用高温点燃它们,就能弄出好看的颜色!视觉效果很不错,对吗?颜色很漂亮。"

无可反驳,莱恩想。

"够了!"麦卡都斯大吼,"有多少人死在了那些谋杀犯的手中?"

"又有多少人死在了你们的枪口之下?"莱恩冲他吼道。

"停!"格兰姆喊道,"嗯……玩火者必自焚?"

"不!现在就要终结!"麦卡都斯转向马克里斯,"炸掉矿井。"

"什么?不!"博士大喊,"拜托了,麦卡都斯,别这么做,求你了!"

麦卡都斯挺直身体,"我不接受女人的请求,尤其是乞求的女人。"

糟了。莱恩算是明白了,这个麦卡都斯彻底不相信他们了,即便他曾经真的相信过。

大祭司快速走过博士身边,爬上巨石站在格兰姆旁边,"弟兄们,我们太轻易相信他就是美好博士了。要是这是巫术,或是诡计呢?我们怎么能相信他说的话就是真言?"

守卫和僧侣开始交头接耳。有一名胆大的年轻僧侣站了出来。"您看到了!"他喊道,"他会发光!"

"幻象!天上的魔鬼和虚假的先知不是第一次到访灰狼星

了。为什么美好博士要宣扬宽恕暴力的异教徒？为什么？太愚蠢了，这与他的教导相悖。"

博士抬头看着格兰姆，轻轻摇了摇头。"我是！"他想最后尝试一次，"我是美好博士。我命令你们停下来！我们可以和平地终结这一切。"

"那些异教徒抵抗军否认您的恩典。您为什么要如此替他们辩护？"

"我……我没有，"格兰姆说，"只是——"

"没什么只是！"麦卡都斯更加愤怒了，"只要抵抗军还活着，就没有和平可言。在这段恐怖笼罩的日子里，我们失去了不少神父、嬷嬷、修士和修女！"他唾沫星子横飞，"美好博士永远不会要求信徒这么做。"

"是啊！是啊！"一名矮壮的守卫叫道，"消灭他们！"

"不！"博士喊了回去。

麦卡都斯眯起眼睛。他瞪着格兰姆，"我断定你为冒牌货。今晚就是终结！"

人群开始欢呼。格兰姆只能惊恐地看着。

"马克里斯队长，炸掉矿井。"

"好的，阁下。第二小队！安装炸药！"

"不！"博士大喊着冲向马克里斯，"停下！我们的朋友还在下面！"

"拦住他们！"麦卡都斯命令道。

守卫跑来抓住博士。

"喂！放开她！"莱恩想跑去帮她，但自己也被困住了。

马克里斯的对讲机响了起来，"炸药已就位，队长。"

"执行。退到安全距离。"

"是，队长。"

僧侣按住莱恩的胳膊，莱恩拼命想要挣脱。"放开我！"他说。就在这时，他感觉耳边有一股温暖的气息。"莱斯明神，"一个熟悉的声音说，"如果您想救您的朋友，就跟我来，什么也别问。"这是忒皮卡的声音。莱恩转过身，看到他的兜帽完全罩住了整张脸。

"什么？"

"我没法解释……但跟我来！现在！趁没人注意。"

莱恩观察了一下周围混乱的场面。现在，守卫和僧侣都跑去就位。格兰姆——保佑他——他努力了，但还是失败了。

博士扭动身体，怒视着麦卡都斯，"麦卡都斯！这是残忍的谋杀！你那本宝贝书里是怎么写的？"

"理由正当，世人皆有罪，女人。队长，准备就绪了吗？"

"是的，阁下。"

"行动。"

"第二小队，前进。"

"好。"莱恩对忒皮卡说,"我们走。"

队伍继续深入矿井中心。"继续走!"普雷向后面喊道,"我们马上就到了。"

亚兹筋疲力尽。她的膝盖很疼,鞋子还把她的脚后跟磨出了水泡。可她不得不继续走,她要找到其他人。

地又开始震了。这一次并没有停止。

"发生了什么?"她小声问身旁的佳雅。

一阵低沉的轰隆声响起,如同雷声一般,声音越来越大。

佳雅什么也没说,但她的眼睛在黑暗中闪闪发光,充满了恐惧的神色。

"佳雅?"亚兹紧紧抓住她,"那是什么声音?"

那声音震耳欲聋。

爆炸声响彻天际。

格兰姆捂住耳朵,他脚下的大地抖动着,隆隆作响。他跪了下来,紧紧贴住巨石。

一朵巨大的蘑菇云从地下涌了上来,空气中充斥着一股黑色的浓烟。透过黑烟,格兰姆看到旧矿井架晃了一下,它长长的支架啪的一声全部折断,随后陷了下去。旧升降机落入矿井,与内壁相撞发出巨大的响声。

"博士？"格兰姆朝下面喊。

博士张着嘴，瞪大眼睛，惊恐地抬头看着他。

"汇报，马克里斯队长。"麦卡都斯说。

"爆破成功，阁下。我们已炸掉东矿井。"

麦卡都斯闭上双眼，就像是在向他的圣人致谢，"非常好。谢天谢地。"

13

全副武装的守卫把博士和格兰姆押回旧镇,然后押进圣殿。当他们经过大桥的时候,一队僧侣和圣殿守卫围在左右。格兰姆能感受到博士流露出的强烈悲伤,但什么也没说。他又能说些什么呢?可爱、善良又年轻的亚兹。他们该如何跟她的家人说?他强忍住眼泪。

天亮了。两轮瑰丽的太阳从海平面升起,好像一对粉色的西柚。但格兰姆完全没有注意到它们,他满脑子只有亚兹。

"我要你们找到他。"麦卡都斯说,"他怎么可能凭空消失呢?"

"他是天使!"博士喊道,"可能他张开翅膀飞走了!"

马克里斯和麦卡都斯转身怒视着她,她也瞪了回去。

"好吧,"格兰姆对她耳语道,"但说真的,他去哪儿了?"

"我不知道。"博士从牙缝里挤出几句话,"上一分钟还在那儿,转眼他就不见了。可能他真的凭空消失了吧。"

他们自然是在说莱恩。一方面,他会因为离群走散而挨一记耳光；另一方面，格兰姆希望他的继孙能想办法把他们从困境中救出去。

他们回到圣殿，然后一路走向麦卡都斯的阅读室。"守住门口，谢谢。"麦卡都斯对其中一名圣殿守卫说，"在外面守着。"

守卫点点头，关上了他们身后的门，留博士他们和麦卡都斯单独待在一起。博士一屁股坐进扶手椅里，看起来就像叛逆的青少年。"接着说，"她说，"我们把这事儿说清楚。"

格兰姆在屋子的角落里踱着步，挺高兴让博士再一次做回博士。

"说什么？"麦卡都斯问。

"照例必有的审讯：我们是谁？从哪儿来？想要什么？但鉴于你才把矿井砸在我最好的朋友的脑袋上，我得说，我可不太愿意配合。"

麦卡都斯慢慢绕过大桌子，在一把老旧的椅子里坐下。阅读室里充盈着焚香和百年旧书的味道，这让格兰姆想起了他小时候在清福德镇主日学校的日子。"要是你们的朋友如你们所说是天使，那她应该安然无恙，不是吗？"

博士的眼睛一寸不移地盯着麦卡都斯，"看在你小命的分儿上我也希望如此。"

"你这是在威胁我？"

"是的。你该庆幸我不是真的神。"

"我就知道!你是冒牌货,你们都是!如果这是普雷和他的团伙捏造出来的什么谎言,我一点儿也不会惊讶。"

博士微笑着说:"不,剧情翻转就在这儿!你差不多猜对了!我们以前确实来过灰狼星,而且我认为我们确实拯救了世界。全是真的!圣殿要么是把有些部分弄错了,要么最坏的情况是你们为了宣传而蓄意篡改了内容。"

"真的吗?"麦卡都斯的手指抵在他的尖下巴上,"那么请告诉我,依您之见,我们哪些部分搞错了呢?"

"好吧,首先,"博士露出灿烂的微笑,"我才是美好博士。你好吗?"

亚兹跟着佳雅和玛利亚到了新洞穴。"我不明白,"她问,"刚才的爆炸是怎么回事?是你们干的吗?"

抵抗军拥入一个美得惊人的巨大洞穴,零星的自然光透过洞顶洒了下来。洞穴中央有一汪平静的地下湖,湖面像黑色的镜子一样反射着光线。

"这是我们之前经过考虑后选出的地点,你觉得怎么样?"一个年轻的洛巴人问普雷。

普雷检查后点点头,"好,这里很完美。所有人搭起营地!我们要在这儿驻扎,直到最后阶段开始。干得漂亮。"他对年轻的洛巴人说。

"那么？"亚兹走到普雷眼皮底下等他回答,"是你干的吗？"

自从亚兹遇见普雷,她头一次见他笑得这么自然。"是,也不是。"

在洞穴另一头,有两个人从裂缝里爬了进来,然后扭打起来。亚兹挥动火把走近,发现她认识其中一个人影。"莱恩？"她绕着湖边跑过去,等他们下到地面后来到他们面前。

"她在那儿！"莱恩笑容满面。

亚兹差点就要用胳膊抱住他了,但最后一刻还是勉强换成和他碰了一拳。他们常常分开又重聚,但随着时间的推移,对彼此的担心并未减少。"你还好吗？博士在哪儿？格兰姆呢？"

莱恩抬头看着洞顶,"我觉得他们没事。好吧,我不知道。事情一团糟。他们都认为格兰姆是神。"

她到底在矿井下面待了多久？她是不是出现幻听了？"什么？"

佳雅从她身旁经过,飞奔到莱恩的同伴身边。他穿得像僧侣一样,不过现在他把长袍脱了下来。佳雅给了他一个绵长的吻,"你能平安回来真是太好了！"说完她转向莱恩,冲他顽皮一笑,"很高兴再次见到你。"

"再次？"莱恩问。

"我们之前在酒馆见过。"

"啊？那是你？"

"我用毛茸茸的大手套和头巾伪装的！"佳雅用她先前假扮的低沉嗓音吼道。如此娇小的女孩嘴里能发出这种声音，真是不可思议。

"我还以为你是高个多毛的男性！"

那名僧侣露出微笑，"说话可要注意点，莱斯明神。您说的可是我未来的妻子。"

"伙计，你现在可以叫我莱恩，这是我的朋友亚兹。亚兹，这是忒皮卡修士。"

"别，叫我忒皮卡就行。"

"莱斯明神？什么？莱恩，我错过了什么？"亚兹问。

"我都可以解释！"普雷冲他们喊，"但先让那个男人喝一杯。我都数不清他为我们冒了多少次被杀头的危险了。"

当抵抗军卸下包裹，熟悉新的营地之后，湖水也净化好可以喝了。亚兹喝了几大口，她的喉咙干得发痛，感觉自己像是跑了几个小时一样。有时候她觉得，自从遇到博士，自己就没停止过奔跑。

玛利亚用野营炉煮了点吃的。亚兹和莱恩像小家庭一样围坐在炉火边等开饭。如果不是大地一直在抖动，如果不是在如此深的地下，这感觉还有点像女童子军训练，亚兹想。玛利亚把食物装在金属罐里，然后分给他们轮流吃。肉很有嚼劲，亚兹觉得有点像鸭肉。

"计划生效了。"忒皮卡接过食物，包着满口的肉详细叙述他那边发生的事，"他们相信了我给的情报。"

"他们炸掉了东矿井。"普雷若有所思地点点头，似乎在思考这对他们来说意味着什么。

"就是我们感觉到的那场爆炸？"亚兹问。

"对！"佳雅回答，"但是，当然，我早就告诉忒皮卡我们真正的目的地了——赫宙斯洞。"

"你塞给他的那页纸！"莱恩说。

"对。这不是第一次有圣殿的人想和我一起去见我的线人了，"他握住佳雅的手，"所以我们想了个办法。如果有外人在场，她就告诉我错误的信息，再想办法把抵抗军真正的动向告诉我。当然都是加密过的，以防万一。"

"你是怎么黑进飞眼系统的？"莱恩问。

佳雅笑了，"我们有戴娜。"她朝洞穴另一头的那个年轻洛巴人女孩挥挥手，"戴娜很聪明，而且那些飞眼日益老旧，很容易破解。我们只需要小心避免圣殿里其他人与它们沟通。"

玛利亚递给莱恩他的那份食物。"最近我们怀疑圣殿开始提防内部可能存在间谍，是时候让忒皮卡退出了。如果暴露了，他们就会处决他。这几个月他已经给麦卡都斯制造了不少麻烦。"

忒皮卡看起来有些伤感，"你知道吗？原本我唯一的心愿就是加入弟兄会。我爸爸加入了，还有我的兄长。但当我了解到他们对洛巴人、抵抗军,还有女人的暴行以后,我开始感到厌恶。一开始只是怀疑,然后变得困惑,最后彻底失望了。我不是针对美好博士,你知道的,我只是厌恶圣殿的运作方式。它的确做得不对。"

"我有一件事不明白,"亚兹说,"为什么要煞费周折地让他们相信你们在东矿井?"

"如果他们认为我们全都被炸死了,那样能为我们的行动争取些时间。"普雷告诉她,"那些傻瓜刚刚做的事帮我们把进度加快了几个月。我们有打钻机和一些炸药,但可惜的是,炸药不能远程引爆。那些蠢货,他们一心想把我们全都置于死地,结果反而让山体变得更不稳定了。"

"那地震呢?"莱恩问。

"我们这些朋友想推翻圣殿,"亚兹告诉他,希望他能领会她的意思,"是字面意思。"他微微皱起眉,她知道他明白了。不管是不是出于抵抗,这个主意都糟透了,但要怎么才能让他们明白这一点,又不会让他们厌烦呢?

"你们制造了地震?"莱恩看向普雷,又看向玛利亚,"人们会受伤的。"

"不!"佳雅坚持说,不理会他的担忧,"已经有关于疏散旧镇的传言了。"

忒皮卡清了清嗓子,"但有些弟兄说他们绝不抛弃圣殿,他们认为地震是在考验自己的信念。"

普雷把他的空罐子啪地扔在地上,"我才不会为他们该死的执念或愚蠢负责。让他们留在那儿吧,就让他们死在偏见的祭坛上吧。"他站起身,回去继续搭营地。

"他们真的认为你爷爷是美好博士?"佳雅问。

"他不是我的……"莱恩开口道,"算了不管这个。对,他们是这么想的。我觉得一切很快就会真相大白了。"

"如果格兰姆是神,那我们是什么?"亚兹说。

"天使。"

"厉害了。"

"大概当了一会儿,然后我们就露馅儿了。"

亚兹转向忒皮卡,"他们会有麻烦吗?如果这个叫麦卡都斯的家伙发现我们不是天使……他会怎么做?"

忒皮卡和佳雅交换了一个意味深长的眼神。"麦卡都斯非常虔诚,虔诚极了。这就是……"

"继续说。"亚兹鼓励他说下去。

"我在圣殿长大。"忒皮卡说,"我的妈妈死于难产,修女将我养大。等到了十二岁的时候,我便跟随爸爸和兄长加入了弟兄会,先是在一位很老很老的大祭司手下任职。在他死后,麦卡都斯继任了。"

"然后呢?"亚兹问。

"事态开始转变。一步接一步,一月接一月。他增加新的规定,针对违反《真理之书》律法的行为,他给予了更加严厉的惩戒,有些修士赞同他的改革。但之后他又重启了石刑这一处决。在我的内心深处,我知道这是不对的。所以,我感觉自己遇到佳雅是一个征兆——她进入了我的生命。我开始为她提供消息。"

亚兹开始喜欢这个家伙了,"所以你俩是怎么相遇的呢?"

佳雅和忒皮卡之间的爱意毋庸置疑。"想象一下!"佳雅微笑着说,"那是一个酷热难耐的夏至午后。那天是旧镇的集市日,大家都喜欢集市日。从法玛镇平原赶来的果农们带着一大车的酸果、姜梅和兰帕果来赶集。因为我——或多或少——长得有些像人类,所以我就混进其中一个货摊'拿'了点酸果。突然,我感觉有一只手放在我的胳膊上。他抓住了我偷东西,但最后又把我放走了。"

忒皮卡低头看着自己的脚,"嗯,当时你多大来着?十六岁?那么做并不太合适。盗窃的惩戒是砍掉一只手。"

"伙计。"莱恩做了个鬼脸。

"我知道。我以前从没见过混血种,我以为他们是虚构出来的。我受到的教育大致是说,人类和洛巴人交配是最大的罪孽,像佳雅这样的孩子是令人憎恶的。但我……我只觉得她是我见过的最美的女孩。"

佳雅笑着揉了揉他的头发,"你这个大傻瓜!我显然是在父母和抵抗军的陪伴下长大的,我原以为人类——特别是僧侣——都是可恶的偏执狂。所以忒忒的出现对我来说是个意外,一个美丽的意外。"

"当然,随后她就开始跟踪我。"忒皮卡用胳膊肘轻轻捅了她一下。

"我才没跟踪你!我可能只是在你巡逻的时候跟在你后面……我对这个向我表达善意的奇怪僧侣感到好奇。"

"当然,我也满脑子都是她。她教会我许多东西,玛利亚和普雷同样也教了我许多东西。"

玛利亚看过来。"我等不及想要叫他儿子了。"她热情地说。

"那你和普雷呢?"莱恩问玛利亚。

"很多很多月亮年以前,我们生活在坎达城同一家混合制孤儿院里,我们是青梅竹马。"她泪眼模糊地陷入了回忆,"很有趣,对吗?孩提时我们还不知道我们应该恨谁。"

她的话让亚兹感觉心头一震。她想起自己最好的朋友波比·希尔曼在升入高中后和她绝交,就因为泰勒·格兰特说她是"危险分子"。这件事都过去快十年了,她依旧很难过,胸口仍隐隐作痛。

玛利亚继续说:"当我看到佳雅和忒皮卡的时候,我感觉看到了未来的希望。我时常大胆地想象这一切终结的样子。"

这想法不错,亚兹想。但仇恨似乎总会想方设法冲破裂痕。

博士几乎是在阅读室里轻快地移动着,她的大衣下摆在空中掀动。"绝对地、完全地、确定地、百分之百真实。我是时间领主,人们都叫我博士。我和我的朋友们在时空中旅行。我漫长的一生都致力于传播和睦与快乐,以及终止冲突。还有看日落,日落是永远也看不够的。"

关于这一点——第三次复述——格兰姆觉得麦卡都斯通红的脸也许真的要炸开了。"闭上你亵渎神灵的嘴!"

"但我是对的!你的书才是错的!你要么听一听我的真实经历,要么继续靠那几页古老的纸张活着!你选哪一个?"

"质疑真言是异端邪说!"

"不质疑才是愚蠢的!"博士戳着麦卡都斯的胸口,"最后再说一遍,我以前的确来过这里。在六百年前,我可没留下一长串规定,麦卡都斯。那些规定是凭空捏造的,是虚假的,是为了方便上层阶级和统治其他所有人而编造的谎言!"

"够了!"

"是够了!以我之名实施了六百年的残酷暴行实在是太久了。该结束了!"

"我说够了!"麦卡都斯从桌上抄起一尊像得惊人的美好博士铜像向博士砸了过去。博士躲开了,铜像在她身后的木嵌板上留下一道印子。格兰姆猛地站起身来到博士身边。

博士眨眨眼，"喂，暴脾气！"

"守卫！"麦卡都斯大喊，"守卫！"三名圣殿守卫在他的一声令下冲了进来。"抓住这个女人！"

守卫擒住她，把她的胳膊压在身侧。她翻了个白眼，"放开，我什么也没做。"

"把她带到地牢去！"

"你现在要把我关起来？以什么罪名？"

麦卡都斯从桌子后面站出来。他满脸通红、汗如雨下，"作为人类，你声称自己是神圣的美好博士，这在圣殿的律法里是有罪的；作为女人，你声称自己是美好博士，这是对我们的宗教最恶劣、最令人作呕的拙劣模仿。"

"不好意思，"博士竖起一根手指说，"我能问问女人到底哪里做错了？你好像很不喜欢女人。"

他眯起眼睛，"女人道德上的弱点曾给灰狼星带来几近毁灭的灾难。"

"老掉牙的故事。或者说，又像是那个关于苹果的老掉牙的故事。"

"肃静。"麦卡都斯做了个深呼吸，"你犯下了十恶不赦之罪，你将被处以死刑。"

14

阴湿的地牢里,守卫把沉甸甸的金属颈圈夹在博士的脖子上。她的手腕已经戴上了镣铐,锁链的另一头拴在两边的墙上。博士如此瘦小,这么做真是过分,格兰姆心想。地牢十分难闻,水顺着墙面流下来,老鼠在地上乱窜。

"哟,你要是如你声称的那样是神的话,就自己挣脱出来啊!"麦卡都斯说。

博士怒视着他,"我从未说过自己是神。从来没有。"

格兰姆感觉自己一无是处,他只能眼睁睁地看着。守卫紧紧抓住他的肩膀。

"你有十二小时向美好博士忏悔你的罪孽,然后你将面临尘世间最重的惩戒。我只希望你能得到美好博士的宽恕,死后进入托都斯国度。"

麦卡都斯转向格兰姆,"至于你,我有一些问题要问。守卫,把他带到审讯室。"

"等等!"格兰姆扭动着挣脱守卫的控制,向博士跑了过去,

"你还好吗?我能做些什么?"

博士露出浅浅的微笑,"就把真相告诉他。他可能会听,也可能不会。但至少我们是诚实的。"

"那你怎么办?"

"反正我哪儿也去不了,对吗?"她拉扯着锁链,"连口袋都碰不着。"他知道,她的意思是"我拿不到音速起子"。

"我会尽力的!"他喊道。守卫抓住格兰姆,把他拖走了。

博士现在露出灿烂的笑容,"你也许不是美好博士,格兰姆,但你是特别好的好人!"

牢门在他身后砰地关上了。

离开地牢之后,他们把格兰姆押进另一间囚室,绑在冷冰冰的、布满锈褐色印记的花岗岩椅子上。他的手腕上绑着皮带。唯一值得庆幸的是,囚室在海平面以上,几束自然光从高高的栏杆外照射进来。屋子里臭气熏天,格兰姆别无他法,只有试着用嘴呼吸。

"忏悔吧。"麦卡都斯像豹子一样绕着他打转,"忏悔你的罪孽。"

格兰姆伸长脖子扭头看他,"听着,伙计,我从没说过我是你们的美好博士。是你们的飞眼认为如此。"

大祭司朝他倾过身体,正对着他的脸。他带着口臭说:"你是怎么做到的?你是怎么蛊惑飞眼的?"

"我什么也没蛊惑！飞眼之所以会认出我,是因为我以前来过这儿,就这么简单。有照片为证！有照片！"

"拉扎尔修士?"麦卡都斯说。随后,一名瘦骨嶙峋、形容枯槁的僧侣推着一托盘手术器具进来了。无比锋利的解剖刀和锯子闪着寒光。

"哎呀！"格兰姆的眼珠都要瞪出来了,"没必要折磨我吧！你们想知道什么我都告诉你们！我很坦率的！"

"你是如何窃取美好博士的长相的?"

"我没偷我自己这张该死的脸！"格兰姆叫道。

拉扎尔修士选了一根又长又尖的针。

"等一下！"格兰姆恳求道,他在冰冷的椅子上扭动着,"我什么都告诉你,如实奉告。但让他把那根针放下！"

麦卡都斯抬起一只手,拉扎尔把器具放了回去。

"我很抱歉我假扮了美好博士,我不应该这么做。非常明显,我不是美好博士。"

"我就知道！"

他用更轻柔的语气对麦卡都斯说:"但你需要思想开明些,伙计。真正发生的事和我是神这回事完全不一样。"

麦卡都斯交叉双臂,"很好,继续说。"

格兰姆在座位上扭来扭去。如果他们让他在这儿坐太久,他会得痔疮的。"好吧。那个蓝盒子——在果园丢失的那个——是一台时光机。"

麦卡都斯挑起一边眉毛,"时光机?"

"对,一艘能穿越时间的宇宙飞船。我知道这听起来很疯狂!你相信我,我也曾花了点时间才相信,但这是真的。昨天,我的朋友——也就是楼下那个女人——带我们来到了灰狼星。"

"昨天?"

"我们的昨天,你们的六百年前。"

"因为……你们是时间旅行者?"

"对。我说过这听起来很疯狂,但并不妨碍它是真的。在我们上一次离开的时候,人类和洛巴人已经休战。我发誓,我们回来只是因为圣莱……莱恩把手机落在这儿了。一定是哪里出了差错,我们在时间线上跳多了。这就是为什么你能认出我,伙计,因为我曾经来过这里。"

"但你不再宣称自己是美好博士了?"

他摇摇头,"麦卡都斯,虽说不太好,但美好博士根本不存在。"他尽量温和地告诉他,"存在的只有楼下的博士。她帮人类和洛巴人达成了和平协议。她很不可思议,但她不是神。"

麦卡都斯面露愠色,"凭你这几句话我就该割掉你的舌头。"

厚重的牢门外响起敲门声。

"进来!"

门开了,三名僧侣走了进来。有两位年老的,还有莱恩的伙伴忒皮卡，是叫这个名字吧？

"阁下。"

"神父、修士，你们有什么事吗？"

其中一位年老的僧侣留着飘逸的白胡须，正是格兰姆想象中僧侣应有的样子。他往前一步，"麦卡都斯大祭司，圣殿听到传言说您计划处决其中一位新来者？"

"没错。她会因她严重的渎神举动而被处决。"

两位老年僧侣不安地看看对方。格兰姆试着把手从拴着的皮带下挣脱出来。他挣脱以后到底要做什么又是一个问题。要是一对一的话，他觉得自己有可能打赢麦卡都斯。不过想这些没用，皮带太紧了，他感觉它正在阻断手部的血液循环。他哪儿也去不了。

"大家有点……焦虑。"第三位僧侣说，"很多年轻的修士觉得……好吧，他们依旧相信我们的客人是圣者。"

"他们是骗子，是异教徒。"麦卡都斯反驳道。

留着白胡子的那位又开口道："在所有人目睹了东矿井发生的事情之后，他们质疑这是美好博士在考验我们的信念，阁下。"

麦卡都斯把手举了起来，"这是在考验我的耐心，奥内德神父！"

"都一样——"

"都一样什么也不是！这个蠢货自己都承认了他不是美好博

士！他就是凡人！和你我一样的人类！"

"喂！"格兰姆厉声说，"我是人类没错，但说我是蠢货就有点过分了！"

奥内德神父伸出一根弯曲的手指，"但他这样说会不会是在考验我们的信念，阁下？"

"如果地牢里那个女人真的是圣者的话，我们这位美好博士一定会代表她出面干预，对吗？他会眼睁睁地看着自己的天使身首异处吗？"

"我不确定这是信念的考验方法，阁下。"

麦卡都斯用手背给了奥内德神父一巴掌，"你竟敢质疑我的信念，神父？"

有那么一瞬，奥内德似乎都要还手了，但他最后还是垂首退到了后面，怒视着他的头儿。

忒皮卡清了清嗓子，"阁下，《真理之书》的《审判》一章里不是写了么，当有旅客、愚者或是孩子来到灰狼星时，若他们不了解《真理之书》的内容，我们有神圣义务教导他们依美好博士的准则行事。在我看来，这些新来者符合以上三类人。他们不清楚我们的律法。"

"阁下，"第三位僧侣又说，"如果您执意行刑，我不知道那些年轻僧侣会做出什么事。外面已经有反对的传言了，莱斯明院的弟兄会尤甚。"

"改良主义者和糊涂的自由主义者。"麦卡都斯冷笑一声。

"您不能杀了我们所有人,麦卡都斯。"奥内德神父捂着他的脸说,"是的,不要以为我们不知道卡特里斯修士在斗胆直言以后真正的遭遇。"

"我不知道你在说什么。"

有意思,格兰姆想,也许麦卡都斯没他想的那么大权在握,听听这些反对的声音。他把这个记在脑子里,说不定以后派得上用场。

"很好,把弟兄会的人都叫来,让大家看看这个骗子的真面目。"麦卡都斯露出奸笑,格兰姆真想敲掉他的脑袋。"让我们各退一步,改判这个渎神的女人参加战斗,就像《真理之书》里写的那样。对,我喜欢这个主意。如果这些不速之客真的是神,那她一定可以迅速解决特罗莫斯,对吗?"

三位僧侣都僵住了。"阁下,您是说特罗莫斯?"听他们的语气,格兰姆可不太喜欢这个名字。

"对。告诉守卫让他准备好,然后带他去坎达的旧竞技场。"

"但旧竞技场已经荒废好多年了!"忒皮卡争辩道,"而且特罗莫斯会杀了她的!"

"是的,忒皮卡修士。是的,他会的。"

15

贝伦市长风一般地冲过大理石门厅,边走边系着睡袍。闹哄哄的声音吵醒了阿娜,明天早上他一定会感受到她的盛怒。麦卡都斯在露台上等他。三轮皎洁的明月映照在黑色的大海上,海面泛着粼粼波光。贝伦想象着把祭司掀过围栏,滚下悬崖的画面。

他立刻在头脑中祈求美好博士的宽恕。

"麦卡都斯,"他几乎毫不掩饰自己的恼怒,"这是什么意思?现在可是半夜。我说过我会发表公开演说,向公众解释东矿井发生的事,但那是在明天早上!"

麦卡都斯微微垂下他秃鹫般的脑袋,"我很抱歉,贝伦市长。但事态进一步加剧,恐怕等不到明天早上了。"

"接着说。"贝伦叹了口气,又回头喊道,"雷克斯,给我泡杯咖啡!"他听见别墅里传来雷克斯走向厨房的拖沓脚步声。

"我来是想请你准许重新开放坎达的角斗竞技场。"

"什么?您到底为什么要这么做?"在大约十年前,那时他还没当市长,抵抗军在竞技场里使用了化学武器。他听到的最后一个消息是，那里有危险的放射性物质。

"在那些新来者中有一个女人，她声称自己才是真正的美好博士。对于这种如此渎神的行为，她应当被处以死刑，但出现了……一些特殊情况……直接处决她可能不太妥当。"

"女人？"

"没错。"

"那您怎么知道她在撒谎？您自己说的，预言说过美好博士将会归来。也许美好博士外在的容貌——"

"他会以男人的形象归来！"麦卡都斯瞪得眼珠都快要掉出来了，"你看过黑暗时期创作的艺术品和手工制品，你也看过那张照片！美好博士上次来灰狼星的时候是男性！"

"但他……如此超凡，难道就不能改变自己的性别吗？"

"贝伦市长！这种话你竟说得出口！"麦卡都斯的脸扭曲成痛苦的怒容，"克拉夏大祭司在圣典里明确指出了女人的弱点，她们放荡的天性导致了大瘟疫，人类和洛巴人之间不纯的繁殖差点永远毁掉了我们的生活。女人就是下等的。美好博士是我们认知中最完美的存在，他怎么可能变得如此低下？"

贝伦一直不太能接受这种论调。他爱女人，有时候爱过头了，他想，但他也知道自己不能跟麦卡都斯顶嘴，"角斗竞技场已经关闭多年了，我觉得……"

"那里还有放射性物质？去年我们调查的时候已经没有了，

那里很安全。"

贝伦揉了揉眼睛，"那会不会有点……过时了，麦卡都斯？"他对之前的战斗还记忆犹新，那场面十分恐怖。

"一点也不过时！"麦卡都斯说，"而且战斗还有收入。之前的门票收了多少钱来着？十五金币，还是更多？那些古老的世家特别爱看，所有的厂长和商人也会带孩子来看的。在这段混乱的日子里，我认为市长这么做一定会受到大家的欢迎。"

贝伦彻底清醒了，"我想我这么做应该能鼓舞民众的士气？"

"正是如此。"

"那就快点搞定，可以吗？我们不需要太多……打打杀杀。还有孩子在场呢。"

"我想这对旧镇和其他地区的人来说是件好事，让他们看看冒充我们救世主的那些人的下场。"麦卡都斯举起双手，"但别担心，我已经挑选特罗莫斯作为圣殿方的擂主，那个渎神者撑不了多久。"

"特罗莫斯！"贝伦大叫，"您疯了吗？"

"什么？"

"对不起。我……刚才的意思是……特罗莫斯是野蛮人……是怪物。把他从笼子里放出来是个好主意吗？"

"是的。"麦卡都斯的嘴角浮起一丝微笑，"旧镇的孩子没有哪个不知道特罗莫斯，他们围着火堆讲述那个守卫变成活生生的噩梦的故事。所以，我们就给他们提供点谈资。"

"帮——帮——我——"

地牢里的女人已经冲着看守的飞眼叫嚷了大约十分钟。加达波罗斯独自一人守在监视器前，他不情愿地缓缓走下湿冷的台阶进入地牢。这下面的臭味是什么东西散发的……他想都不敢想。

他走到地牢的门外，透过监视窗口往里瞅，她是一个体型瘦小而古灵精怪的女人。但外表具有欺骗性，这一点他在守卫培训的第一天就学过。再加上——尽管他没亲眼看见——他听到了关于东矿井事件的传言。这个女人可能是神，也可能是女巫，或者两者都是。

"求——你——了——"她又开始叫喊。

加达波罗斯叹了口气，打开门锁，拔去门闩，"你想干什么？"他本来可以不做这些的，可换班的人还在矿井上兴奋不已，所以没法下班。他似乎只能坚守岗位了，连茶歇的时间都没有，他柜子里的金枪鱼三明治都还没碰。

"哦，谢天谢地。"陌生女人皱起脸，"我的鼻子特别痒，但是我够不着！"她朝盘旋在一旁的飞眼点点头，"而我不想让那东西靠近我的脸。求你了，说实话，我痒得难受！"

"你鼻子痒？"

"特别痒。你能帮我挠挠吗？"

加达波罗斯一脸戒备，"不！谁知道你要干吗？"

女人冲他皱起眉，"你在开玩笑吧？我像木偶一样吊在这里！我怎么可能干什么？求你了，发发善心并不费什么事。"

"哎呀，搞什么名堂！"她说的没错。他比她年轻，也比她高出一大截。除非她是女巫，不然她也不可能挣脱锁链。但万一她真的是女巫呢？"我警告你，我有枪，而且准备好了使用最大火力。"他举起电击枪。

"把它放下，你不会拿它挠我鼻子的。"

他往前挪了一步。

"还在痒。"

加达波罗斯向前伸出食指，挠了挠博士的鼻尖。

"哦哦，往下一点。"他照做了。"啊啊，就是这儿。我不是美好博士，但假如是的话，我一定让你直接进入托都斯的虚幻之地。好小伙儿。"

他转了转眼珠，看起来她并不会害人，"你不该说这些话，你正是因为这样才进了地牢。"

"但我真不是美好博士。"她笑着说，"我只是博士。可能我是一位美好的博士，但不是那位美好博士。世界上还有很多很多人和我一样做着美好的事。"

"美好博士保护灰狼星已有几个世纪了。"他郑重其事地说。

她眯起一双机敏的眼睛，加达波罗斯想知道，她是否比看上去更聪明。

"那你相信吗？相信有一个神奇的男人保佑你们所有人平安？"

他思考了片刻，扭头确认没有其他人在场，接下来他要说的话会让他陷入大麻烦的。"我不知道，但那些故事挺不错的。我的妈妈过去会讲睡前故事，我是听着它们长大的。"

女人露出微笑，"我有一大堆故事呢，你想听吗？"

加达波罗斯耸耸肩，"为什么不呢？"他的第二轮值班才刚开始，他还有漫漫长夜要熬。

女人笑了，"好小伙儿！很久很久以前，有四个好朋友到离家很远很远的地方去旅行，他们见过各种各样惊奇绝妙的东西。直到有一天，他们来到一颗正在打仗的星球，战争双方正在为岩石、沙子和海洋应该属于谁而争辩。"

"这些东西不属于任何人。"

"完全正确。可双方都觉得自己要优于对方，不只在武器和实力方面，还在血统方面。"她直视他的眼睛，不让他看向别处。加达波罗斯怔住了。

"在死伤无数后，奇怪的事出现了。当尸首越堆越高，双方惊恐地发现，真相是……"

加达波罗斯不安地动了动，"是什么？"

"骨是白的，血是红的。"

普雷把所有人召集到主洞穴作进度报告。他站在巨石上，俯视着下面的人，"兄弟姐妹们！戴娜入侵了通信网络，我得到了最新的地质报告。情况比我们预计的还要好，东矿井的爆炸导致整个矿井结构非常不稳定。"

莱恩又疑惑了。一方面，这颗星球拥有飞眼和灵巧的巴吉车，但另一方面，整个社会似乎还很原始。"什么网络？"他问佳雅，后者正站在他和亚兹中间听演讲。

"几年前，为了阻碍我们，市长和圣殿决定限制人们使用无线电和电讯设备。"她解释道，"但他们自己依然每天都会从圣殿往灰狼星上的其他城镇和港口传送信息。在禁令执行之前，我们抢出了足够多的设备来监听这些消息。"

"我们在这下面安全吗？"其中一名人类抵抗军冲普雷喊道。

"对,我觉得是安全的,尽管我们离地表和旧镇的西边很近。"

"下一步呢？"佳雅冲她爸爸喊道。

"继续往圣殿下面的地心挖。"

"但是等一下！"莱恩叫道，"那我们不会被活埋吗？说实在的，我不太喜欢这个计划。"

普雷点点头，"你的担忧很有必要。一队人将会开打钻机走在前面，同时另一队人加固新打通的隧道，从而建造逃生通道。我们在监狱里失去戴莉已经够糟糕了,我不想再失去任何一个人。

我们为了这一天已经辛苦很长时间了,而现在我可以看到胜利的曙光。你们和我……我们就要推翻压迫我们六百年的图腾了!"

人群爆发出一阵巨大的欢呼。

莱恩像学生一样举起手,"请问?"

"莱恩?"普雷不为所动地向下看。

"对不起,但是……呃……然后呢?"

"你想问什么?"

"你们推翻圣殿之后要做什么呢?他们不会轻易交出统治权的。"

"从来没有人这么做过。"亚兹补充道。

"当圣殿陷入混乱时,我们就开始行动。我们先让那个懦弱的滑头贝伦下台,然后接管旧镇,其他地区的兄弟姐妹也会做相同的事。"

人群又爆发出一阵欢呼,人们一遍又一遍地呼喊普雷的名字。莱恩慢慢把亚兹拉出人群。

"怎么了?"她问。

"他们也没什么区别。"他告诉她。

她皱起眉,"谁?"

"圣殿和这帮人。他刚刚说的,他们还有更多的兄弟姐妹!"

"我承认我没去过圣殿,不过拜托,"她说,"几百年来圣殿都在告诉每一个人,女人和洛巴人是社会底层之类的话。他们对此感到愤怒也是可以理解的。"

"我两边都见过了,他们的话听起来真的一模一样,只不过一边是崇拜美好博士,另一边是崇拜普雷。"

亚兹叹气道:"殊途同归。"

"这会引发大地震的!他们怎么知道没有人会受伤?他们是有点傻,还是根本不在乎?"

"我明白,我明白。我想帮洛巴人,我真的想。但我也知道这么帮是不对的,这会变成灾难。"

莱恩扭头看着抵抗军,他们还在为普雷的话鼓掌欢呼。"那我们该怎么做?"

"我们就照着博士上次那样做,想办法让大家坐在一起谈一谈。上次那样做就奏效了,对吗?"

直到忒皮卡都跑到莱恩眼皮底下了,莱恩才发现他溜回了洞穴里。"莱恩、亚兹,我尽量以最快的速度赶回来了。"他上气不接下气,苍白的脸上全是汗,就像是全程冲刺跑回来似的。

"为什么?怎么了?"莱恩问。

"你休息一分钟,没事的。"亚兹说。

"我们连一分钟也耽搁不起了。"忒皮卡喘着粗气,"我刚从地牢回来,能做的我都做了,我发誓。"

"忒皮卡,发生了什么?"莱恩的心一沉。

"他们要用战斗来审判博士,她的对手是特罗莫斯。"

"特罗莫斯！"亚兹惊得叫出声。

又是这个名字。"特罗莫斯是谁？"莱恩问。

"你不会想知道的。"亚兹说，"莱恩，特罗莫斯会杀了她的。"

16

五名高大的守卫把头罩麻袋的博士押送到了角斗竞技场。与他们相比,她看起来异常娇小。她不知道巴吉车开了多远,但她感觉有可能到了旧镇的城郊。

下车之后,他们步行向前,守卫把她押进了竞技场下面的通道。这里闻起来只比地牢略微好点儿。守卫用力一推,让博士踉跄着往前走了几步,然后一把扯下她头上的麻袋。"你好!"她说。

现在是白天,她在一间新的囚室。这间囚室堆满了生锈的武器,所有东西的表面都覆盖着蛛网和橘色的灰尘。室内的空气十分污浊,仿佛很长时间都没有透过气。

"角斗士,"守卫说,"挑选你的武器。"

"什么?"

"依《真理之书》所书,你将在神圣的竞技场上迎战美好博士方的现任擂主。大祭司已裁定由囚犯特罗莫斯担任擂主。"

"我就知道是他的主意。"

守卫无视她继续说:"如果美好博士真的眷顾你,你也许能活着看到明天的日出。你的命运掌握在他的手中。"

"如果真是那样,那我们都在劫难逃了。"她微笑着说。

"角斗士,挑选你的武器。矛、剑,还是匕首?"

博士的双手仍绑在身后。她扫视着一排又一排看起来十分致命的刀刃,"盾牌不在选择范围之内吗?"

"不在。"

"如果那样的话,我就不选了,谢谢你的询问。"

"挑选你的武器。"

"不了,谢谢。"

守卫带着又怜悯又惊恐的眼神看着她,"傻瓜!迎战特罗莫斯等于被判死刑,不带武器去迎战简直愚蠢至极。"

博士耸耸肩,"如果是死刑的话,选个尖头的金属去战斗也于事无补,对吗?"

"你这傻瓜。"他转向自己的同伴,"把她带到竞技场旁边的等候室去。"

"我就一个请求,"博士说,"这间囚室能不能至少有扇窗户?"

麦卡都斯走进格兰姆的囚室,他的身边跟着两名圣殿守卫。

"喂!发生什么事了?"格兰姆说,"你们什么也不告诉我!"他的屁股现在已经彻底没有知觉了。

"战斗审判马上就开始了。我来问问你,是否想亲眼见证你朋友的死亡?"

格兰姆怒视着他,"你在学校的时候从没交到女朋友吧?"

格兰姆发誓他看到麦卡都斯退缩了一下。

麦卡都斯无视他的问题,"那么,你要去吗?"

"我想去看看。"格兰姆努力让自己听起来勇敢一点,"她总是有办法的。她会想办法脱身,她总能办到。"更重要的是,他们要是带他去竞技场,就得先给他松绑。只要一松绑,他就能想到袭击的办法。

"真是有信心,"麦卡都斯嘲讽地说,"但用错了地方。松开他吧。"他告诉守卫。

守卫解开了格兰姆左手手腕上的皮带,在松开他右手手腕的时候,房间开始晃动起来。这次不仅仅是微震,震动越来越强,好像有某种庞大的东西在脚的正下方移动一样。尘土簌簌扑落在他的头顶。"快点!"格兰姆说,"带我出去!趁这个地方——"

松动的巨大砖石掉了下来,差一点砸到了麦卡都斯。

格兰姆眉头紧蹙,等待天花板砸在他们身上。震动减弱了,他做了个深呼吸。在他旁边,那名守卫看起来也一样吓坏了。

麦卡都斯的身上盖满了厚厚的尘土。他站起身来,掸了掸长袍。

另一名守卫扶着他,"阁下,您需要看医生吗?"

"不，不用，我没事。"

"阁下……地震……越来越厉害了。"

"是的，我看到了！抱歉我的子民，我不是故意要训斥你。看来美好博士——托都斯真正的美好博士——对我们非常不满。这是他的惩戒，惩戒我们对伪神的敬拜……"

守卫把格兰姆强行拉起来。"你在胡说八道些什么？"格兰姆说。

"《真理之书》里写到，美好博士将会在时间终结之日归来。在灰狼星的末日，当双日的力量将大地劈成两半的那一天。"麦卡都斯绕着格兰姆打转，他的声音里透着怨恨，"我不知道你是谁，或者是什么，但这绝不是巧合。我们如此轻易就相信了你们的谎言，这让美好博士非常愤怒。现在只能希望那个自称博士的女人的死能平息大地的怒火。"

"杀了我们并不会改变地震，你这个可恶的白痴！"

仿佛大地能听到他的话一般，地震又开始了，可能是余震。

"如果美好博士要求如此，那我们最终都将离开这片满是痛苦与死亡的尘世，和他一起进入托都斯。我们不能质疑他的真言。现在快走，角斗竞技场还等着我们呢。"

"这就是地震，伙计！你应该关注的是如何拯救城镇……把人们迁到灰狼星别的什么地方去！"

"我才说了，质疑他神圣的旨意不是我们应该做的。如果这就是预言的那一天,我们必须全盘接受自己的命运。"

此刻,格兰姆终于看清他了。这个小老头不是在主日学校教书的那种老爷爷,而是讨厌的疯子。这意味着他们都陷入巨大的麻烦了。

亚兹已经和普雷争辩了好一会儿,但他似乎没听进去。"普雷,求你了!我们得制止那场战斗!特罗莫斯会杀了她的!他隔着门用一只爪子就差点把我掐死!"

"不行。我们离胜利很近了,没有时间耽搁了。"他没有同意。

"当然有!六百年的时间你们都挺过来了,多几个小时又能怎样?"

玛利亚插嘴道:"普雷,别这样。她是对的。如果这个叫博士的女人是圣殿的敌人,那她就是我们的朋友。"

"我说了不行!我不会冒险牺牲自己的人去救一个陌生人。"

"她不是陌生人。"莱恩补充道,"她曾拯救灰狼星于内战的水火之中,而且她能再拯救一次。"

"她能帮你!"亚兹握住普雷的大爪子,但他抽了回去。她指了指还在手推车上的塔迪斯,"听着,要是我能操作那个东西的话,我会带你回到过去——不是去杀了谁,而是回去看看这里曾存在过的和平时刻。当我们上一次离开的时候,洛巴人和人类停战了,正是因为博士,因为我们所有人。"

普雷摇摇头，"亚兹，你的心肠很好，但我觉得我们已经试过外交手段了。你知道吗，在大瘟疫时期，为了控制疾病的传播，他们围捕扫射洛巴人。成堆的洛巴人尸体在大火中焚烧，而人类就站在周围欢呼庆祝。"

"但那并不代表所有人类！"莱恩说，"你的妻子就是人类！"

"没错！你想要的不正是让所有种族生活在一起吗？这并不像'我们'和'他们'那么简单！"亚兹说。

"尤其是我既是洛巴人，又是人类。"佳雅非常小声地补充道。

普雷低下头。亚兹想知道在他的毛发之下，他是否因羞愧而脸红。

"而且，圣殿把特罗莫斯当作奴隶。"玛利亚说，"这令人作呕。每次我想到他经受的折磨，我都怒不可遏。我们可以把博士和他一起救出来。"

佳雅指向主营地外面的一条隧道，"来吧，爸爸。我们离旧竞技场只有大约一公里远。如果能回到下水道系统，我们所要做的不过是扰乱审判，放个烟幕弹什么的，然后把他们救回来。很简单。"

"求你了！"亚兹又说了一遍。

普雷大吼一声："好吧！但只能去一小队人，就我们几个，再加几个抵抗军。而且我不会冒险让这次行动变成上次那样的枪战，想想可怜的戴莉在监狱里的遭遇……我们先制造事端来转移视线，剩下的就看你们的了。"他怒视着亚兹，"如果她真的这么重要，那就赌上你们的性命。"

17

午后的太阳高高地挂在天上,海岸凉风习习,其他的地方则酷热难耐。一辆巴吉车载着格兰姆、麦卡都斯和守卫穿过一片满是黄沙的不毛之地。格兰姆看到粉色的大蜥蜴在岩石上晒着太阳。

这一片区域看起来已经荒废了。路边停着烧毁的车辆,旧房屋和购物中心破败不堪。竞技场也没好到哪儿去。它曾经一定很宏伟,但如今,破烂的旗帜耷拉下来,巨大的广告牌又破又旧。格兰姆想知道,在它辉煌的时候曾举办过什么运动。快餐店的房屋框架仍立在竞技场外面,鲜红色的塑料椅有一半都埋进了沙子里。

这里曾经像家园一样,看起来曾令人开心。而现在,这里矗立的建筑似乎仅剩下那座巨大的蓝色圣殿。

战争,他心想,有什么好处?

"回来真好,对吗?"麦卡都斯对守卫说,"我们上次举办战斗审判是什么时候来着?"

"在抵抗军使用他们的脏弹之后就没办过了。"

好吧，这就解释了这片区域为什么遭到遗弃，格兰姆想。当他们路过拖车和活动住房的时候，衣服和床单还在晾衣绳上挂着，上面落了一层厚厚的橘色尘土。大家肯定是抛下一切逃走了。

当他们把车开进大门的时候，屋檐下的一群鸟儿飞走了。光束透过门厅天花板的大洞照射进来，地上粘着鸟粪。格兰姆觉得这个竞技场已经废弃很多年了。

"我想镇上的老人肯定特别期待，"麦卡都斯欢快地同守卫说，"他们为了让竞技场重新运作起来，已经奔走游说好多年了。可不能让他们看到竞技场像这个样子，确保这里都打扫干净，多派些人手，在演出前要准备好。"

"演出？"格兰姆用厌恶的语气说，"你管看着一个女人被撕成碎片叫演出？你有毛病吗？"守卫扯着他的手铐把他拉下了车。

另一辆更大的车从一片沙尘之中钻了出来。这一辆似乎是押送囚犯的车，窗户上装着栏杆。格兰姆想知道是不是博士来了，但当车开进大门的时候，他看见整辆车都在晃动。

"那是什么？"他问。

从车里传出一声低沉粗哑的吼叫。整辆车左右摇晃起来，就像是有什么东西在用身体撞着车厢。某个巨大的东西。

"它醒了。"麦卡都斯轻蔑地说。

"需要用镇静剂吗，阁下？"守卫问。

"当然不。谁想看昏昏欲睡的角斗士。他戴着控制颈圈吗?"

"是的,阁下,当然了。"

"那就用颈圈控制住他。用铁链把他锁在等候室,直到观众全都到场。"

"好的。"

车里的生物又号叫起来,"让我出去!我不能呼吸了!让我出去!"他一拳打在车上,车厢的金属外壳凸起好大一块。

"博士要跟他打?"格兰姆问,他的心卡在了嗓子眼儿。

"是的。"麦卡都斯说,"没错,那就是特罗莫斯。"

格兰姆紧张得泛起一阵恶心。他真的非常希望博士有什么妙计。

守卫举起音速起子对着光,"这是什么?"

"旧玩意儿,"博士回答,"什么也不是,就是个起子。"博士的T恤外面罩着笨重的棕色皮制盔甲背心。

守卫看着同伴,"这能当武器吗?"

另一个耸耸肩,"不确定,但这显然不是矛,也不是剑,更不是匕首,因此在战斗中不能使用。"

那名守卫把音速起子放在博士的大衣上面,衣服就放在长凳上。博士叹了口气,她的第三个计划也泡汤了。

在二十四小时以内爬进下水道两次,亚兹心想,我到底有多幸运。至少,这一次还能站直了。他们在坎达的下面跑着前进,其实就她的情况而言,只能说是一瘸一拐地走。

"竞技场大概有六年没使用了。"佳雅一边解释,一边在她旁边慢跑,"在我小的时候,我们常常来这里参加一年一度的肉搏赛。"

"新市长上任后,洛巴人不再允许踏入竞技场。"玛利亚说,"然后事情变得越来越糟。"

亚兹点点头。前进的道路永远是曲折的,她想,正如地球上的平权之路也总有艰难险阻。

前方,普雷抬起一只胳膊。"安静!"他低声说。

亚兹来到他旁边。这儿只有他们几个、普雷一家还有戴娜。戴娜是洛巴人,她有着亮姜黄色的毛发和翡翠色的眼眸。莱恩远远落在后面。他十分小心地走着,以防自己一头栽进未经处理的污水里。亚兹透过金属格栅看到头顶有一双双脚经过,还听见嘈杂的声音,"他们是什么人?"

"我们在竞技场的正下方,"普雷解释说,"所以小点声。"

莱恩终于和忒皮卡一起跟上了他们,"怎么了?"

"我们到了。"亚兹说。

"我们现在就放烟幕弹?"

"不,"普雷小声说,"我们得等到战斗开始。在那之前,博士的身边一直有看管的守卫。看,已经有几十名守卫在那儿了。"

佳雅和戴娜用胶带把某种像手榴弹一样的东西固定在梯子上,亚兹猜这是遥控烟幕弹。"这不会伤害任何人,对吗?"

"烟有点刺眼睛,"佳雅说,"但不会造成什么严重的伤害。"

亚兹对莱恩点点头。烟幕越大越好,但愿守卫难以开枪打中他们。

"继续走吧。"玛利亚说,"这下面应该有一条下水道直通竞技场中央的斗兽场,我们最近也只能到那儿了。你们可能得自己冲出一条路进入斗兽场里面。"

普雷一边带路,一边说:"时机最重要。等烟幕弹爆炸以后,你们有几秒钟的时间把你们的朋友带下管道。一旦守卫反应过来,他们会把你们都杀了。"

"我们会掩护你们的。"玛利亚说。

"你不能进去!"普雷咆哮道,"那是他们的朋友,他们的问题由他们自己解决!"

"别犯傻了,普雷。他俩没有武器,也没受过训练。"

"那特罗莫斯呢?"亚兹问,"他们会放他出来战斗。"

普雷笑道:"所以我带了戴娜。"

"我是黑客。"戴娜解释道,"我应该可以手动控制他的颈圈,至少维持几分钟是没问题的。"

"而且他一定戴着颈圈,"玛利亚说,"这是他们把他带来的唯一方法。可怜的老特罗莫斯。"

"到时候看他的情况。"普雷说,"如果……如果有办法把他的颈圈安全地取下来,我们就救。我不能在这个关头还要照看一个拙劣的圣殿实验品,我们现在已如此接近……"

亚兹紧张得一阵阵泛恶心。这太疯狂了,她还记得特罗莫斯的爪子掐着她喉咙的感受。她绝不能留博士一个人去迎战他。她看着前方的普雷,希望他能让他们活着逃出竞技场。

到了黄昏时分,大门打开,竞技场很快就坐满了人。阶梯式楼座挤满了观众,几乎有一半都是圣殿的僧侣,还有一半看起来是非常富有的城镇居民,有些人甚至带孩子一起来观看。他们不耐烦地等待着,在座位上坐立不安,把金色的小望远镜都准备好了。

格兰姆和麦卡都斯坐在贵宾包厢里,他们的视线正对着正中的斗兽场。他们坐在最好的位置上,而格兰姆还戴着手铐。

一阵兴奋又满怀期待的欢呼声响起。"特罗莫斯!特罗莫斯!特罗莫斯!"人群反复呼喊着。看来可怜的博士要对阵主场了。

守卫走了过来,"阁下,竞技场来了两千人,已经座无虚席。两位角斗士也已就位。我们准备开始了。"

"好极了。"麦卡都斯看向格兰姆,嘲讽地笑了笑,"现在,整颗灰狼星都将看到背叛圣殿是什么下场。"

格兰姆磨着后槽牙。只要有机会,他一定先揍这家伙一顿。

麦卡都斯从包厢里下来,大步走到斗兽场中间。为他准备的麦克风已经在小台子上架好了。人群出于尊敬变得鸦雀无声,呼喊声也停止了。

"赞美。"

"赞美美好博士。"人群机械地跟颂着。

麦卡都斯举起一只手,"朋友们,欢迎回到审判竞技场。《真理之书》的《审判》一章第九条写到,否认美好博士真言的行为罪不可赦,声称和他拥有同等地位的行为更是罪大恶极。你们将要看到的那个不修边幅的女人犯下了最十恶不赦的渎神罪,她声称自己是美好博士!"

观众惊得倒吸一口凉气,纷纷用手捂住了自己的嘴巴。

麦卡都斯摇摇头,"美好博士是女人?你们能想象这样的歪曲吗?"

有人哈哈大笑,有人大叫着:"不能!"有人明确地喊着:"杀了她!"格兰姆用十分厌恶的眼神看着他们。真是一群嗜杀成性的畜生。

"现在,审判她的时间到了。如同过去光辉的日子一样,说谎的异教徒在战斗中将有一次赢得救赎的机会,而圣殿方的擂主特罗莫斯会保卫美好博士的真言。只有命运能拯救这个异教徒了,

171

如果美好博士有意，她会庇护在他宽恕仁慈的目光之下。"

人群欢呼起来。格兰姆发誓，他能看到他们眼中的杀气。这里就像是周六的厄普顿公园球场，只不过这些人并不是来看西汉姆联的[1]，他们是来看一个女人被撕成碎片。他们为什么不阻止这件事？他们难道看不出事情错得有多离谱吗？

"请坐好，准备好观看公平公正的战斗审判！祈求美好博士怜悯！"麦卡都斯回到座位上。

"麦卡都斯，伙计，"格兰姆说，"现在还为时不晚，你可以停止这一切。"

"现在只有美好博士能救她了。"麦卡都斯对他微笑，带着满是挖苦的语气说，"如果你是我的神，那你来停止啊。"

"我跟你说的是真的，她才是美好博士。好吧，是叫作博士的好人。她真的很好！她能帮你把和平带回灰狼星，她以前就这样做过一次。"

麦卡都斯大手一挥，对他说的话不屑一顾，"抵抗军已经死了，他们全都埋在了东矿井底下。只等这个女人一死，再把你关进监狱，和平自然就回来了。"

大地一阵抖动。在沙漠里震得不算厉害，但还是能感觉到。格兰姆看到麦卡都斯抓紧了椅子，他洋洋得意的表情消失了。

---

[1] 厄普顿公园球场是西汉姆联的主场馆。西汉姆联是英格兰超级联赛球队之一，其球迷常与邻近地区的足球流氓团伙发生暴力冲突。

观众席回荡着一阵尖叫。广播员说:"灰狼星的人们,我们为您呈上被告:一位名为'护士'的天外来客。"

金属大门徐徐打开,观众席发出一阵喝倒彩的嘘声。格兰姆看到守卫把博士推进了斗兽场。博士眯起眼睛看着太阳,就好像有一段时间没在室外待过一样。她穿着棕色皮制盔甲背心,但两手空空。她疯了吗?连剑或者盾牌什么的都没有,她必死无疑。

她把手搭在眼睛上方望向格兰姆。看到他以后,她咧嘴一笑,快活地向他挥挥手。格兰姆刚站起来,就被守卫压着肩膀坐了回去。

"接下来有请圣殿方的擂主——唯一的、强大的、骇人的——特罗莫斯!"

另一侧的大门嘎吱一声打开了,黑黢黢的通道里空无一人。人群一片安静。格兰姆向前探出身体,想要看得更清楚。

"它在干什么?"麦卡都斯嘟囔道。

随后,特罗莫斯出现了。

18

特罗莫斯比格兰姆见过的其他所有洛巴人都要大,他的体型是他们的两倍,而且还弓着背。他硕大无比,双肩把整条通道都挤满了。他走到阳光下,看起来也有点目眩眼花。格兰姆能更清楚地看到他了。他的毛发黑灰相间,又脏又糙。他浓密的眉毛下是呈血红色的眼睛。口水顺着他发黄的尖牙流下来,滴在质地粗糙的连体囚服上。

他脖子上戴的金属颈圈比其他洛巴人的都要粗重,上面的小红灯不时地闪烁。格兰姆低头看到马克里斯站在麦卡都斯的身旁,他的手里拿着某种遥控器。如果他能伸手过去把它抢过来……

"开战!"广播员喊道。高音喇叭声也随即响起。

特罗莫斯咆哮着弯起爪子,喷着口水穿过沙地向博士冲来。博士一动不动地站在原地。

格兰姆的手掌揉搓着裤腿。她得采取行动,她必须行动,不然他就要把她撂倒了。"博士!"他喊道,可声音淹没在了喝彩声中。

可能是格兰姆的错觉,当特罗莫斯靠近博士时,他的速度似乎减慢了一些,他还皱起了眉头。

他咆哮着抬起一只爪子,他的牙齿全都露了出来。

博士就只是站在那儿。

特罗莫斯把头向后仰去。他大吼一声,扯掉上半身的囚服,露出毛茸茸的健硕胸肌。

博士仅仅是坚守阵地。

"你是女孩!"特罗莫斯厉声说。

"没错。不管怎样,这段时间是的。"从观众席传来他俩说话的声音,格兰姆发现,照明灯上都装着用来扩大场上尖叫声和呼噜声的麦克风。

"你为什么不应战?"特罗莫斯冲她挥了一下爪子。博士随意地往后一躲,反应快得像闪电一样。

"好吧!"博士说着竖起一根手指,"在我们开打之前,我有几个问题想问,也许你能解答一下。你叫什么?"

"我叫特罗莫斯。"

"特罗莫斯先生,很高兴见到你,我是博士。首先,你能跟我讲一遍比赛规则吗?没人愿意跟我好好说明白!一贯如此,对吧?"

格兰姆抬起头,看到观众席里有些人看起来很疑惑。

"杀了她!"某个看起来很傲慢的男人喊道,他的双手做成喇叭状放在嘴上。

"你还在等什么?"另一个女人叫道。

"畏惧我……"特罗莫斯的爪子看起来很轻柔地挥向博士,但足以让她飞到了斗兽场的另一端。

在尘土之中,博士坐直身体,甩了甩头发里的沙子。"哎哟!"她站了起来,朝特罗莫斯慢慢走去,"好吧。这就是第一条规则?我要畏惧你,因为你又大又可怕,对吗?"

"战斗,女孩。"

"稍等一下,先沉住气,急什么?这些人都是买了票进来的,我猜,最好让他们的钱花得值。所以,战斗的规则是什么?像是哪些行为是合法的,还是做什么都可以?我曾经参加过终极格斗冠军赛,还是说参加的佩拉顿那场来着?"[1]她挠了挠头,"忘了。反正,完全没有规则!你可以咬人、吐唾沫、掐人!这不公平,对吗?"

特罗莫斯回头看了看麦卡都斯,后者和观众一样一头雾水。

麦卡都斯生气地张大了鼻孔,他转向马克里斯,"电击他。"

随着马克里斯转动遥控器上的旋钮,特罗莫斯抓紧了脖子上的颈圈,发出痛苦的号叫。他踉跄着向前,胡乱挥舞着胳膊。博

---

[1]. UFC终极格斗冠军赛是一项混合武术格斗赛事,以异种无差别实战为卖点,比赛的规则限制非常低;出自老版《神秘博士》第九季第二集,第三任博士曾在佩拉顿参加了一场格斗。

士很轻松地闪开了。

"这也不公平,对吗?所以,特罗莫斯先生,他们那样做合法吗?为了让你下手更暴力就用电刺激你?"

特罗莫斯单膝跪地,"畏惧我吧。"

博士大胆地向前走了一步,"我不想和你战斗,特罗莫斯先生。我们不是任人操控的木偶,你我都不是。"

特罗莫斯咆哮着站起来,向前冲去,"闭嘴!愚蠢的女孩!"

博士伸出一只手,"停下!"

特罗莫斯真的停下了。

"稍等一下。我想这是生死决斗,对吗?"

特罗莫斯拉扯颈圈,捶打着自己的胸膛,"我!必须!杀了!你!"他懊恼地踢着沙子。

"但我死了以后会发生什么,特罗莫斯先生?"博士冷静地说,"你会怎么样?你会获得自由吗?"她又朝他走近一步,来到他眼皮底下,"你上次获得自由是什么时候?你自由过吗?"

格兰姆发现自己因为紧张而忘了呼吸,现在都有点头晕眼花。

"杀了她!杀了她!杀了她!杀了她!"观众现在开始跺着脚反复大喊。竞技场中的怪物并不是特罗莫斯。

"弄疼他。"麦卡都斯生气地对马克里斯队长低声说,"我感觉厌烦了,结束这场闹剧。"

特罗莫斯跪在地上扯着颈圈。

"我很抱歉他们这样对你,特罗莫斯先生,而且我不会和你战斗的。如果你必须得这么做,那就杀了我吧。但这样并不会结束你的痛苦,你也不会因此获得自由。"

特罗莫斯抬头看着她。"疼死了。"他几乎是在耳语。

博士沉着地伸手挠了挠他的耳背。"特罗莫斯先生,"她说,"你需要的是……好吧,实际上是兽医。"

观众们都倒吸了一口凉气。

随后,特罗莫斯颈圈上的红灯哔的一声转为绿灯。

"怎么回事?"博士皱起眉,"不是我干的……"

特罗莫斯眨了眨眼,然后站了起来。

"特罗莫斯先生?"

"不疼了。"

"哦……好的……那挺好。"博士小心地说。

特罗莫斯大吼一声,嘴角露出一丝微笑。但他没有攻击博士,而是慢慢转向格兰姆坐着的那间包厢。糟了。

"祭司。"他朝着他们的方向开始慢跑,然后全速冲了过去。

"特罗莫斯,停下!"博士大喊着,跟在他后面跑了过去,"我能帮你!"

"是你干的。"特罗莫斯用他那硕大的拳头捶打着同样健硕的身体,"祭司……"

"电击他!把他弄晕!"麦卡都斯站起来步步后退。

"颈圈不管用了!"马克里斯用拳头砸着遥控器,但它毫无反应。

"守卫!开枪打死他!"麦卡都斯命令道。

太迟了。特罗莫斯纵身一跃,从斗兽场的地面跳进了观众席。当这头变异的生物飞过来时,格兰姆感觉周围的时间仿佛都变慢了。

人们开始尖叫,跌跌撞撞地拥向出口。人群蜂拥而至,把通道堵住了。无路可逃。

特罗莫斯用他致命的爪子爬上贵宾包厢。麦卡都斯把格兰姆拽过来,用他当人肉盾牌。

"喂!"格兰姆大叫,"该死的你怎么敢!"他拼命挣扎,然后两人一起跌倒在包厢的地板上。

"你把特罗莫斯变成了野兽……"这个大家伙出现在他们上方,他拆下一排长椅,把它扔进斗兽场。他的口水滴在格兰姆的脸上。格兰姆所能做的只有用戴着手铐的双臂护住自己。"现在,我就要自由了!"

19

格兰姆紧闭双眼,等待特罗莫斯把他像布娃娃一样扔到人群里,就像他刚刚对那排长椅做的那样。

取而代之的是一阵雷鸣般的爆炸声,整座竞技场都晃动起来。现在又是怎么回事?

观众席充斥着尖叫声。格兰姆出现耳鸣的感觉,他睁开眼睛,看到灰色的浓烟在头顶的空气中盘旋。他喘着气,感觉自己无法呼吸,他的眼睛也立刻开始流泪。

他听到了枪声。不到一秒钟后,特罗莫斯大吼一声,他的血溅在了格兰姆的脸上。马克里斯对这个可怜的家伙开枪了。特罗莫斯用右爪紧紧按住左肩,跳回斗兽场开始撤退。

麦卡都斯推开格兰姆爬了起来,"守卫!发生了什么?"

人群还惊慌地堵在出口,有一名看起来很迷惑的年轻守卫从里面挤了出来。"抵抗军!是抵抗军的攻击。"

抵抗军?可他们都已被活埋了。格兰姆一跃而起,想看得更清楚。他试着透过刺鼻的浓烟往外看,但是根本看不清。烟似乎是从下面的下水道里涌出来的。莱恩，一定是莱恩。还有亚兹？突然，格兰姆感觉内心充满了希望。

　　防毒面具阻挡了烟的气味，但也让他们不容易看得清楚。浓烟已经弥漫至竞技场的每一个角落，从每一个格栅里翻涌而出。炸开大门以后，莱恩跟着亚兹、普雷和玛利亚潜入了斗兽场。佳雅和忒皮卡负责引爆烟幕弹，戴娜正在干扰特罗莫斯颈圈的信号。

　　"博士你在哪儿？"亚兹透过浓烟喊道，"莱恩，我什么也看不见！"

　　莱恩很害怕，但他当然不会让亚兹知道这一点，"别走散了。博士你在哪儿？博士，是我们！"枪声响了起来，就算在浓烟里，莱恩也能感觉到有子弹从他身边嗖嗖地掠过。情况不太妙。

　　"快跑！"亚兹喊道。她抓住他的手，拉着他一起跑。

　　快动起来啊我的脚，别出什么问题，莱恩在心里说。

　　在浓烟中，他们快速跑过玛利亚身边。玛利亚拿着枪掩护他们，向人群胡乱地射击。莱恩只希望格兰姆知道找地方掩护自己。

　　"博士！"莱恩大喊。

　　"你在喊什么？"博士突然从浓烟里出现在他的身边，"我就在这儿。"

　　"博士！"他一下子搂住她，"亚兹！我找到她了！"

　　"我们走！"亚兹回应。

博士微笑，"时机正好！我就知道你们能想出什么办法。"她冲普雷和玛利亚点点头，"不开玩笑，但你们跟他们说没说我们平时是怎么看待用枪的？"

"他们不听。"

博士耸耸肩，"但总要试试。来吧，我们去找格兰姆，然后离开……"

又一颗子弹从莱恩的耳旁飞过。"快呀！"他开始朝他们刚才进来的大门跑去。

在莱恩的左边，有人大叫了一声。有一瞬间，他以为是亚兹在叫，但他看到她已经跑在自己的前面，快到通道口了。他转过身，是玛利亚倒在了地上。不！他松开博士的手，跑回去帮她，"玛利亚！"

她摘下防毒面具，"我被击中了……击中了……肋部。"她紧紧捂住身体一侧，血已经蔓延到了她的腰部，看起来很糟糕。

"天哪！博士！救救她！"

不知道什么东西击中了莱恩，就像有一辆十吨重的卡车把他撞倒一样。上一秒他还在扶玛利亚站起来，下一秒就双腿离地了。在浓烟中，他几乎分不清自己哪边朝上，有什么强壮的东西挤压着他的胸口。

"什么情——"

博士走到他面前，对夹着他的人说："特罗莫斯，把他放下。"

莱恩突然闻到某种浓重的味道,令他想起湿漉漉的狗身上的气味。他看见毛茸茸的、满是肌肉的粗壮胳膊环绕着他的胸口。

"博士!"

"保持冷静,莱恩!"博士伸出一只手,又对特罗莫斯说,"听我说,特罗莫斯,他是我的朋友,对你并没有恶意。请……把他放下。"

枪声更密集了。特罗莫斯转身就跑,他的胳膊依然夹着莱恩。有一件事莱恩永远也不想做,那就是当人肉盾牌。"博——士——"他大喊道。当特罗莫斯猛地冲出竞技场时,他也跟着上下抖动。莱恩相当高大,但当特罗莫斯夹着他时,他仿佛和婴儿一样轻巧。他所能做的只有无助地踢着双腿。

更重要的是,等特罗莫斯放下他以后,会对他做什么?

亚兹拼命地回想自己在培训的时候学到的内容。她使劲按压着玛利亚肋部的伤口,不管她压得多么用力,温热的血还是从她的指缝间汩汩流出。普雷向守卫们扫射,想要阻止他们前进。人群里还有孩子,他会不会射中他们?

泪水刺痛了她的眼睛,和漫天的浓烟无关。真是混乱,完全乱成一团了。

博士来到她的身边。"博士,我止不住血……"亚兹说。

"快,我们得带她离开这儿。帮我一把。"博士弯腰把玛利亚的一只胳膊搭在自己的肩膀上,亚兹搭着她另一只胳膊,两人合力把她扶了起来。玛利亚痛苦地喘着气。

亚兹看到烟正在消散,很快他们就会成为目标,等着守卫一个接一个把他们击倒。"普雷!"她叫道,"快走!"

他们以尽可能快的速度,半拖半抬地把玛利亚带向出口。有一名圣殿守卫从通道里朝他们跑过来,普雷一枪击中了他的脑袋。亚兹向四周看了看,怎么都找不到莱恩。上一秒他还在旁边……

"博士,莱恩在哪儿?"博士没有回答。"博士?"

"特罗莫斯把他当人质带走了。"

"什么?"

博士脱下身上的皮制盔甲背心。她看了亚兹一眼,做了个鬼脸,"我现在没十分钟之前那么绝望了。如果我能说服他,那莱恩也一定能做到。我觉得特罗莫斯只是想逃出去。"

亚兹带他们走到进来时爬过的下水道,"这边。"

"等等!"博士帮着亚兹扶玛利亚靠在墙上休息,然后沿通道朝其中一间囚室飞奔过去。她后退一步,然后朝门用力踹了一脚。门猛地打开,她低头走了进去。很快,她拿着自己的大衣回来了,还把音速起子塞进内侧的口袋,"这样好多了,没了它我感觉自己在裸奔。"

普雷跟着她们进入通道,同时朝斗兽场上的圣殿守卫射出最后几发子弹。他焦虑地跑去帮助玛利亚,"玛利亚!她怎么了?"

"不是她们的错。"玛利亚有气无力地说,她的脸上流着汗水,"守卫在我的身后,我没注意。"

"普雷,"亚兹尽可能柔和地说,"我们得从这里出去。"

普雷点点头,他先爬下梯子等在下面。她俩慢慢把玛利亚放下去,普雷用双臂接住她。博士跟在后面爬了下去,亚兹把头顶的格栅拉回原位。

"你能走吗?"普雷问他的妻子。

"我试试。"她看起来一点儿都不好,嘴唇苍白,浑身汗涔涔的。

"我们得离这儿越远越好。"博士说着用音速起子封上检修口,"他们一定会跟着我们,这挡不了他们太久。"她再次扶起玛利亚,亚兹在前面带路。

亚兹找到了连通下水道系统和海蚀洞穴网络的配电盘。因为玛利亚几乎不能行走,所以他们前进的速度很慢,但还是在坎达城下面越走越深。

"我……我需要休息一下。"玛利亚气若游丝地说。

普雷和博士扶她躺下。"亚兹,给她找点水。"

亚兹立刻照办。洞穴的冷寂有种令人安心的感觉,亚兹循着水声找到了地下湖,看起来更像是某种潮水潭。亚兹猜这潭里要么是滴下来的雨水,要么是来自地下的天然泉水。当她蹲下来刚把水罐装满,就听到一阵脚步声。亚兹吓了一跳,赶紧躲到石头后面，担心守卫追上来了。

"妈妈！"原来是佳雅和忒皮卡跟上来了。佳雅跪在她妈妈身旁，"发生了什么？"

"圣殿的渣滓！"普雷怒吼道。

忒皮卡过来帮亚兹，"给你，水还需要净化一下。"他给了她一片他们似乎都在用的药片。亚兹把它放到水罐里摇了摇。

当他们回到玛利亚身边的时候，她看起来更糟糕了。亚兹把水罐送到她嘴边，但她连抬头的力气也没有了。

"玛利亚？玛利亚，亲爱的，你要坚持住。"普雷将她拥在怀里。

"普雷……佳雅，你要照顾好他。"

此时，亚兹知道玛利亚撑不下去了。她以前也目睹过类似的情形。有时候，你好像可以看到生命在一点点流逝。她已经无法挽救了。

"妈妈？"

"不！"普雷说，"你会没事的。你可以的！"

玛利亚的呼吸渐渐变得急促而微弱。

博士也看出来了，她牵着亚兹的手走开。"让他们单独待一会儿。"她低语道。

亚兹往后退到一旁。玛利亚在普雷的怀里逐渐失去生气。佳雅把自己的头埋在她的手里，忒皮卡搂着佳雅的肩膀。

在潮水潭旁边，博士把亚兹拉入怀抱，"嗨。"

"嗨。"亚兹伤心地说。她闻着博士身上的味道。尽管每次拥抱时，她这位朋友的味道都不太一样：有时像是焊锡或是机油的气味，有时又像是薄荷、蜂蜡或伯爵茶的气味。

"你很了解她吗？"

"不太了解。但她真的很好，他们救了我的命。"

博士轻轻拍了拍她的胳膊，"我们得帮他们。既然我已经重获自由，我们就可以开始工作了。先从这里开始……"她把手伸进大衣口袋，掏出了音速起子。她把它对准潮水潭，开始扫描潭水。

"这是干什么？"

"验证理论。"

"结果呢？"

博士查看了一下结果。她得意扬扬地哼了一声，"我是对的。通常都是。"

在她们身后，普雷发出一声咆哮，那是亚兹所听到过的最强烈最悲痛的声音。巨大的痛苦扑面而来。普雷站起来，用力一拳打在洞穴的岩壁上，将一大块石头击得粉碎。"这一切！"他悲号道，"现在就结束这一切！"他向洞穴深处的黑暗走去。

亚兹想跑过去追上他。

"让他去吧，"博士抓住她的胳膊肘，"他理应愤怒。"

"你不如我那样了解他。他在发怒之前已经很危险了。"

博士点点头。她在玛利亚的尸体旁跪下,轻轻拨开她脸上的头发。"我很抱歉。"她对佳雅说,"我是博士。"

"美好博士?"佳雅的双眼充盈着泪水,她抬起头问。

"想要美好的博士?这两个词的意思可不尽相同,对吗?"

"普雷去哪儿了?"亚兹尽量温和地问。她曾在某次培训上学过如何将坏消息告知受害者的家属,但到了真的要用这些技巧的时候,她却总是什么都想不起来。

"我不知道。"佳雅啜泣道,"你了解我爸爸,他会怪罪到别人身上。"佳雅缩进忒皮卡的怀抱,忒皮卡把她紧紧搂住。

"我会试着把事情拉回正轨。"博士小声地说。

亚兹把博士拉起来。"博士,"她用佳雅和忒皮卡听不见的音量说,"这不是我们的错。"

"不是吗?"

"不是!"亚兹摇摇头,"我们可没让这些人在我们之前一日游的基础上创立疯狂的宗教,对吗?我们也没组织一大群抵抗军和僧侣!"

博士长长地叹了口气,在潮湿的巨石上坐了下来。几道自然光透过岩石缝隙照射下来,一切都闪耀着美丽的蓝银色的光。"哦,亚兹,你真是心地善良。"

亚兹笑了起来,"我想,多谢!"

"有时候我在想,我应该用强力胶把后视镜粘在塔迪斯的顶上。我花了太多时间向前跑,有时候忘了回头看看。"亚兹坐在她旁边,她们的大腿靠在一起。博士接着说:"我的族人——时间领主——也有一本完全属于我们自己的《真理之书》。第一条就是,我们不应该介入其中。我们应当像安静的幽灵一样,绝不留下任何足迹。"

亚兹的膝盖轻轻碰了一下博士的。

"你猜怎么着?在我像你这么大的时候,我差不多把这本规则手册撕碎了。"

亚兹笑了,"我怎么一点儿也不感到惊讶?"

"但有时候我忘了,我们做的这些事……在我们离开之后都产生了意义,像是遗产一样。听起来很夸张,对吗?或许有时候我应该坚守优良古老的野营准则:保持原样。"

她这副样子真是奇怪。"博士,你确实应该回头,看看你做了多少好事,你让事情变得更好。你真的做到了!如果我们曾经……造成了某种改变……我们的出发点总是好的。如果要说在这一年里我学到了什么的话,那就是有时候宇宙有一套好与坏的基本原则,而我知道,你一直都站在好的那一边。"

博士笑了,"你真是太擅长给人打气了,真的,亚兹,而且你通常也是对的。我们制造了一堆麻烦,虽然不是故意的,但也是我们做的。好消息是当你惹了麻烦,你可以说声'抱歉',然后把烂摊子收拾干净。我们可以让事情回到正轨上去。"

博士一下子站起来，跑回玛利亚那边去，忒皮卡已经用他的长袍盖住了她。"佳雅，抱歉打扰你，但你爸爸说过他要去哪儿吗？"

佳雅擦了擦眼泪，"没说。但我猜他是朝西崖的抵抗军基地去了。"

"我担心的就是这个。"亚兹说。

"来吧，"博士说，"我们把你妈妈带回家，等到合适的时间给她办一场体面的葬礼。"

佳雅说了一句"谢谢"之后再也没说话，忒皮卡吻了吻她的头顶。

"你俩真可爱。"博士说，她从大衣里抽出一条点状图案的手帕递给佳雅，"这是干净的，很可能是。我真的为你的妈妈感到非常非常抱歉。"

佳雅抬头看她，"我……谢谢你。"

"听着，这个世界——灰狼星——将属于你们两人，我是认真的。你们的付出不是徒劳的，我保证。"

"你是谁？"佳雅的眼睛闪着泪光。

"我只是路过的仰慕者。"

"仰慕者？"

"我是你俩的仰慕者，仰慕你们的爱。"

忒皮卡握住佳雅的手。

"让我来告诉你们我不仰慕什么——"博士说,冷冰冰的神色又回到了她的眼中,"是仇恨。"

20

回到圣殿以后,有一名僧侣小心地在格兰姆的脸上贴好创可贴。当人群从竞技场里蜂拥而出的时候,他摔倒了,他的左眼边上划了一道很深的口子。

"阁下,"医疗官对麦卡都斯说,"请让我给您检查一下。"

"我什么问题也没有!"麦卡都斯厉声说。尽管格兰姆发现自从他俩一起跌倒以后,他走路明显有点跛。

"感觉好点儿了吗?"年轻僧侣问。

格兰姆抬手摸了摸自己的脸,"是,好多了,谢了伙计。"当奥内德神父走进他们所在的小医疗室时,这名年轻僧侣便退了出去。这是一间很小的病房,六张病床对称地摆在左右两边。房间内有一股酒精和消毒水的味道。

地面又传来一阵震动,架子上一些装有药剂和洗液的瓶瓶罐罐晃得乒乓作响。

奥内德靠在门框上稳住身体。麦卡都斯像秃鹫一样朝他扑了过去,"汇报!外面怎么样了?"

奥内德谨慎地说:"贝伦市长要求召开紧急会议。他带他的小女儿去了竞技场,现在他不高兴了,非常不高兴。"

格兰姆听到医疗室外面传来关门声和沉重的脚步声,"发生了什么?到底发生了什么?"

"麦卡都斯大祭司,"奥内德挺直身体,"有人说美好博士对我们震怒不已,这是惩戒我们对新来者的所作所为。"他指了指格兰姆,然后接着说,"有一些家庭打包行李准备逃离旧镇,跑到山里或是沿岸的地方去。"

"这是疯了吗?真是大惊小怪!"麦卡都斯愤怒地说。

"是这样吗?飞眼无法确定抵抗军的位置,找不到那个女人和莱斯明,也没抓到那头怪物特罗莫斯!一片混乱!我们脚下的大地还活了过来!他们说……"

"他们说什么,奥内德神父?快讲!"

奥内德的面色死一般苍白,"他们说这就是《真理之书》上预言的那一天。"

麦卡都斯对格兰姆发难,用瘦削的手指捏住格兰姆的下巴,"这就是你?世界末日的征兆?"

格兰姆摇摇头,"不,伙计。我只是退休的公交车司机。"

麦卡都斯松开手指,"我一直想知道末日最终到来的那一天会是什么样子。但我从未想过会这么……无聊。但我想这就像狼群蒙混过关那样吧,只需披上羊皮。"

"这不是结束，麦卡都斯。"格兰姆紧张地说。博士和格蕾丝总是比他更擅长发表激动人心的重要演讲。"只要你愿意，每一次结束都是新的开始。"

"没错，书里就是这么写的。"麦卡都斯转身盯着窗外，俯视着旧镇，"尘世纪元的太阳将会落下，属于灵魂的崭新黎明将会永远长存。"

"那意味着什么？"格兰姆问。他开始后悔自己在小时候从主日学校逃课去钓鱼了。

地面又抖动起来，这一次更加严重。一些瓶子从架子上掉下来，在坚硬的地板上摔得粉碎。

"我必须为此祷告！"麦卡都斯宣布，他的长袍在空中掀动，"我要去大礼拜堂。"他看着门口的守卫，"从现在起，把他关在这儿。"

麦卡都斯和奥内德庄严地走了出去。格兰姆想知道自己是不是也应该看一下《真理之书》，看看里面是不是一句真理也没有。更重要的是，看看在末日最终来临之时，书里有没有任何关于所发生之事的详尽细节。

莱恩眨了眨眼，然后睁开眼睛。瑰丽无比的粉橘色落日照得他眼花，黑色的小鸟滑过天空。他现在可能在海滩上，可能在热烘烘的日光浴躺椅上，在找到他的爷……在找到博士之前。

他想起博士。

莱恩坐直身体,准备好逃跑或者战斗。他有点头晕,想起自己之前无法呼吸……特罗莫斯把他抱得太紧了,特别紧,后来他眼前的一切陷入了黑暗。

莱恩又眨了眨眼,坐在满是尘土的碎瓷砖地上。当他的视力恢复清晰以后,他发现自己在废弃的购物中心里。他坐在可能曾是喷泉的地方,如今水池早已干涸。

天花板上的所有玻璃都破碎了,鸟儿在购物中心的骨架中飞进飞出。店铺招牌悬在电缆上,老旧的扶梯上到处散落着塑料模特的碎片。"什么情况?!"他揉了揉自己的头。

"疼……"一声低沉沙哑的咆哮传来。

那是特罗莫斯的声音。

莱恩一跃而起,四处寻找那个把他捉来的家伙,但哪儿都看不到他。"特罗莫斯?"

"疼死了。"

莱恩小心翼翼地爬出水池,循着特罗莫斯的声音找过去,看到一个巨大的、毛发蓬乱的洛巴人蜷缩在旧热狗摊的下面。他这是在开玩笑还是什么?"你还好吗,伙计?"

特罗莫斯扯着脖子上的颈圈,上面的红灯闪烁着。"请……让疼痛……停下来……"

"你刚才差点杀死我!"

特罗莫斯抬起头,一双泪汪汪的眼睛看着他,"你是谁?"

"啥?"

"僧侣?"

"不是。"

"抵抗军?"

"也不是。"

"那你是谁?"

莱恩摊手,"我不知道,伙计,可能就像……游客之类的。"

特罗莫斯继续拉扯颈圈,"把这个弄下来!"他的爪子攒成拳头砸向地面,把瓷砖都劈裂了。

"住手!"莱恩大着胆子走近几步,"你会伤到你自己的。"

"帮帮我……"这么大的家伙竟发出这么小声的低语。

"慢着。如果我把那东西拿下来,我怎么知道你不会把我的头扯下来?"

特罗莫斯的肩膀上有一道红色的伤口,但看起来对他并没有什么影响。他眯起眼睛,"我向你保证。"

"能不能来点更具体的?"

"我从不食言。"特罗莫斯用爪子戳着自己赤裸的胸膛,"我是最后的洛巴人战士。我为灰狼星而战。"

莱恩想起小时候奶奶给他讲的《狮子和老鼠》寓言故事。讲的什么来着?狮子要吃老鼠,但老鼠告诉狮子吃了它一点也不光荣。于是，狮子把老鼠放走了，但自己随后被猎人捉住了。老鼠记得狮子的恩德，便把网咬破救了狮子。

莱恩不确定他现在是狮子还是老鼠。更重要的是，他不记得故事的结局了。狮子最后吃了老鼠，还是杀了猎人？

"如果我试着帮你，你会帮我吗？我得找到我的朋友们，我还得救我的爷……格兰姆。"莱恩觉得，有特罗莫斯这样的朋友，他的胜算应该不会低。但这个大家伙的瞳孔已经缩成了小点，而且他还流着口水，可能是曾大量服药的缘故。莱恩无从得知。

"我向你保证。"

"我叫莱恩。"

"我欠你份人情，莱恩。"

莱恩走来走去，"我一定是疯了。"他在特罗莫斯身旁跪下，"让我看看，行吗？"

特罗莫斯把脖子伸了出来。

"别乱动，否则就得你自己来，懂吗？"

特罗莫斯吼了一声表示同意。莱恩检查了一下颈圈，发现它从背后上了锁，是某种像自行车锁一样的编织链。他的手一碰到锁链就缩了回来，"哎哟！"锁链还带着电，电流急促而强烈。

"疼死了……"

"对，我懂。"莱恩叹了口气，然后站起身，"好吧，我猜我们现在是在购物中心。你在这儿等着。我们需要非常非常大的断线钳,你的肩膀也需要包扎一下。"

特罗莫斯抬起头。莱恩直视他的眼睛,只关注他的表情。"谢谢你。"特罗莫斯呢喃道,"你是……"

"我是什么?"

"你是对特罗莫斯表达善意的第一名人类。"

莱恩忍住五味杂陈的情感,"好吧。那么,你就叫我老鼠吧。"

21

博士、亚兹、佳雅和忒皮卡轮流抬着玛利亚的尸体,他们肃穆地穿过隧道和洞穴。忒皮卡时不时地用追踪装置引导自己找到抵抗军的位置,这样他就可以很快把信息转给佳雅。

他们一回到抵抗军主营地,马上就有人跑过来帮忙。"怎么了?"戴娜问,"我很抱歉……竞技场一出事我就直接跑回来了。"

"是我妈妈。"佳雅哀伤地说。

"玛利亚!不!"其中一名人类抵抗军用手捂住了嘴巴。

他们小心地把玛利亚放在行军床上。消息传开后,大家很快都聚了过来。他们互相拥抱,并试着安慰佳雅。这一幕让亚兹再次感到难过,她的肋骨下一阵剧痛。玛利亚如此受人爱戴,大家一定非常怀念她。

博士溜出人群,把戴娜拉到一边,"普雷在哪儿?"

"我不知道。"洛巴人女孩摇摇头,"他什么也没说就冲进来,然后跟在打钻队后面走了。"

"第二个问题:特罗莫斯抓走了我们的朋友,你能追踪到他的颈圈吗？"

她摇摇头，"我在竞技场的时候就失去信号了。不管他在哪儿，颈圈都出故障了。"

"好的，没事了。谢谢你。"

"博士，"亚兹从悼念的人群中走出来，"打钻队正在旧镇的地底下工作。普雷打算推翻圣殿，就是字面的意思。"

"好吧，真是糟糕的主意。"

"你觉得只是这样？"亚兹挖苦道。

忒皮卡在营地里转了一圈，看起来十分慌乱。他急切地说："博士、亚兹，我找不到库存的炸药了。普雷……一定是普雷拿走的。我们剩下的火药不多，但是……"

"但是足够了？"亚兹说。

他摇摇头，"我真的不知道。"

亚兹猜测，普雷应该是觉得是时候加快计划实施的进度了。

博士动身走进最宽的那条隧道，"走这边？"

"博士！"亚兹跑过去，"我们不应该……我不知道，先制订计划什么的吗？"

"计划是这样的：我们顺着这条隧道跑下去，找到那个悲痛欲绝的抵抗军首领，并让他明白他的计划是错误的！就这么简单！"

亚兹一把抓住博士的胳膊，"现在的普雷很危险，前所未有的危险。"

"不,"她指了指隧道外的佳雅,"不是这样的。他需要的是及时的提醒,就是这样。"

地震又开始了。

"没事,"亚兹说,"有时候会这样。"

但这一次,震动并没有马上停止。煤烟和灰尘开始洒落下来,整个洞穴似乎都在上下抖动。大地震得太厉害,亚兹脚下一滑,和博士摔在了一起。

"我不确定这样没事,亚兹。"

"你也许说对了。"亚兹不确定地说。这次确实很严重。

博士抓牢岩壁站起来,拼命努力走回主营地,"所有人都找地方躲起来!"

断裂的巨大钟乳石从洞顶砸了下来,抵抗军尖叫着散开,忒皮卡拉着佳雅跑进隧道。

"等等!"佳雅叫道,"妈妈怎么办?"

"我们会回来找她的!现在必须得走了,佳雅!"

"快跑!"博士的喊声盖过了大地低沉而饥渴的隆隆声,"这个洞穴就要坍塌了!出去!出去!现在都出去!"

抵抗军尽可能抓上能带走的东西,但是没有多少时间了,用来支撑岩壁的脚手架已经变形,金属横梁也弯曲了。岩壁倒塌的同时,横梁断裂开来。巨石砸向地面,空气里充斥着浓密的灰尘。

"博士！"亚兹说，"塔迪斯……"

"来不及了，我们会死的。快走！"

亚兹用袖子捂住口鼻，跟在博士后面跑了出去。她回过头，只看到一抹蓝色湮没在碎石中。塔迪斯埋在下面了。

麦卡都斯孤身一人站在主礼拜堂的花窗前。蜡烛环绕在他的身旁，烛光在夜风中摇曳。麦卡都斯抬头看着花窗上的美好博士，他和蔼的面孔已经被医疗室里那个闯入者的脸玷污了。

怎么会？他怎么会长得如此像照片里的那个人，却口吐如此恶心的毒液？

麦卡都斯的脑袋中充满了疑问，充斥着讨厌的噪音，全都是不洁的问题和对他坚定信念的质疑。

"美好博士啊，"他说，"在这纷争的时期，我祈求您的指引。"

他跪在了祭坛前。

"为什么？美好博士啊，我知道您为灰狼星制订了伟大计划，发生的每一件事都是您荣耀使命的一部分。但这些入侵者在您的伟大计划中又扮演着什么角色呢？"他摇摇头，"他们厚颜无耻的谎言是您用来考验我的信念的吗？虚假的先知给出简单的答案。我知道在通往托都斯的路上遍布诱惑，而我担忧那些懦弱的心会听信他们的谎言。"

地面又轻微地震了起来，麦卡都斯牢牢抓住祭坛。震动似乎又消失了。

"他们否认您教导的一切。我熟知《真理之书》中的每一个字，而他们竟敢踏入您神圣的住所来质疑您的真言。美好博士的真言是灰狼星的基石，人类是依照您的模样创造而成的，洛巴人是我们的奴隶。就是如此，这才是正路。"他感觉自己的决心坚定了起来，"他们必须被处决，一个都不放过。灰狼星的人们，无论是人类还是洛巴人，都必须明白质疑美好博士真言的下场是什么！"

地面剧烈地抖动起来，好像地底的冲击波突然传到了山上一样。麦卡都斯猛地向后一仰，倒在通往祭坛的软包台阶上。在他的头顶上方，巨大的吊灯大幅度地左右摇摆着。

麦卡都斯看到花窗有一丝破裂的迹象。他滚向一边，看到发丝般细微的裂痕横穿画着美好博士面庞的玻璃。接着又是一条，最后裂痕像蛛网一样遍布整扇花窗。

"不！"麦卡都斯大喊道。

但他的喊声淹没在了玻璃破碎的声音里。随着地面抖动，高墙扭曲起来，整扇花窗向内炸开。麦卡都斯所能做的只有用胳膊护住自己的脸。

震动慢慢减弱了。

麦卡都斯看到自己的手上满是伤口。他摸了摸脸，发现额头上也有一道伤口。他抬起头,发现画着美好博士的花窗仅剩几块尖突的玻璃碎片。

"我的神……"他低喃道,眼中的热泪滚落在脸颊上。他感受到了圣洁的同在,那一刻,他感受到美好博士真正来到了他的身边。"您降临了征兆。是时候了。"

22

格兰姆从医疗室的地上爬起来。"你还好吗?"他问守卫,后者好像在摔倒的时候把头磕在了药品架上。

守卫揉了揉后脑勺,"嗯,我觉得没事。"

"你听到了吗?"格兰姆问,"巨大的哗啦声?那是什么东西碎了?"

"守卫!"外面传来呼喊,"守卫!"

这名年轻守卫看起来很惊慌,有点不知所措。"呃……你在这儿待着。"他对格兰姆说完,便出去查看骚乱了。

格兰姆倒数了十个数,然后试着拉动门把手,没上锁。他把门打开几英寸[1],从门缝悄悄往外瞅。他看到守卫和僧侣一片混乱,他们似乎都朝楼下的主礼拜堂跑去。那个哗啦声可能是画着我的脸的那扇丑陋花窗碎了,他想,声音绝对够大。

此时不走更待何时?他从门缝里溜出去,贴着墙移动,尽可

---

1. 长度单位,1英寸等于2.54厘米。

能试着像忍者一样行动。趁守卫都往楼下跑,他潜行上楼,准备去麦卡都斯的阅读室寻找答案。

莱恩咬紧牙关,把断线钳卡在特罗莫斯的颈圈锁链上,"好了,伙计,千万别动。"锁链看起来相当普通,但也可能是饵雷。

"放手去做。"特罗莫斯跪在他面前,咆哮了一声。

锁链很硬,莱恩握紧断线钳,使劲一压。"抱歉……"他气喘吁吁地说,用尽了所有力气。锁链啪的一声断开,颈圈哐当一声掉在特罗莫斯面前的地板上。莱恩往后退了一大步,以防里面有炸弹。

但什么也没发生。红灯还在闪烁。

特罗莫斯站了起来,他完全站直以后高出莱恩一大截。莱恩想,他一定超过七英尺[1]了。"嗯,好点了吗?"

"是的。"

"挺好,挺好。"

"谢谢你。"

"没什么。"

特罗莫斯低头看着自己的大爪子,它们在微微颤抖。"药。"他说。

---

[1] 计量单位,1英尺等于30.48厘米。

"什么?"

"我需要药。止痛。"

"好,"莱恩点点头,"不过先让我把你的肩膀包扎了,你过来。"他们对这个可怜的家伙做了什么?特罗莫斯再次跪在莱恩的面前,他健壮的身体让莱恩想起谢菲尔德健身房的那些家伙。他们很明显服用了什么玩意来增肌,身上除了肌肉还是肌肉。圣殿给特罗莫斯都服用了什么?

"药在哪儿?"他把纱布压在伤口上,特罗莫斯抖了一下。

"监狱。"

"好吧。"看来特罗莫斯并不打算伤害莱恩,不知道吃了药以后他能不能保持镇静,莱恩希望他不用知道答案。

"我得找到我的朋友,我甚至不知道他们有没有安然无恙地逃出竞技场。"

特罗莫斯似乎在嗅着空气,"那座竞技场已经停火了。"

"那就好。"

"我会帮你的,我欠你,是你给了我自由。"

"不,你不欠我什么。但是谢谢你。"莱恩包好伤口,"好了!这样应该就没事了。"

特罗莫斯没再说话,而是站起身从购物中心废墟的其中一个出口跑了出去,莱恩要小跑才能跟上他的步伐。"快点,"大块头说,"我需要药。没有药,我会杀人。"

好吧，他现在知道答案了。

他们迷路了。

虽然没人承认，但亚兹强烈感觉到他们在绕圈子。有些隧道在大地震中坍塌了，他们不得不原路返回，另寻出路。

"我能追踪到普雷。"忒皮卡摆弄着追踪装置，"打钻机上装了追踪器。"

"不！"博士用一种不可思议的权威口吻说。亚兹想，真有意思，博士从未真的要求别人听她的话，但似乎所有人最后总是把责任移交给她。"现在，我们的首要任务是离开隧道。普雷在地底下挖得越深，洞穴就越不稳定。我老家有一句俗话：'没人喜欢被活埋。'"

"对，我们这儿也这么说。"佳雅不动声色地幽默了一句。

"啊！我喜欢你！"虽然抵抗军朝不同的方向离开了，但仍有九个人跟着佳雅和博士。现在他们都望着博士，她舔了舔手指，然后在空中把它竖起来，"这边！我们只要一直往上走，就一定能上到地面。"

佳雅摇摇头，"我得找到我爸爸。"

"我们会找到他的，"博士认真地说，"但到紧要关头时，他能用他的小打钻机钻出去，而这些人不能。我们首先要保证他们的安全。"

佳雅点点头，做出了让步。

他们继续向前，互相帮助爬过掉落下来的岩石。这是个体力活儿，十分累人。亚兹的身体开始痛苦地提醒她，她已经差不多两天没吃没睡了，而且她的膝盖还缠着绷带。"博士？"她小声说，"要是普雷被活埋了呢？岩石有可能砸坏打钻机。"

博士拉着她的手，帮助她爬过几块巨石。"我心里非常丑恶的一面可能会忍不住说，他实际上是自作自受。但是，不，忒皮卡似乎觉得普雷的打钻机还在工作。而且我需要他活着，他至关重要。最主要的原因是，如果和平还能重回灰狼星，我需要在某一时刻让他和麦卡都斯面对面地谈一谈。"

博士抬起一只胳膊，亚兹一头撞了上去。"怎么了？"她问。

"看前面。"

亚兹眯起眼睛，看到有手电筒的光照向他们。她急忙转身示意身后的佳雅和忒皮卡，"有人来了，快找掩护！"

她把自己挤进隐蔽处。如果圣殿守卫找到他们，她猜他们应该都活不了了。一阵耳熟的嗡嗡声传来，亚兹壮着胆子往外看，发现飞眼正在向他们飞过来。圣殿派飞眼进矿井来逼他们现身了。

"别动。"博士小声地说，"幸运的话，它可能只有动作探测器，没有体温探测器。"

"忒皮卡？"一阵杂音从悬浮的设备里传出，"忒皮卡修士，你在吗？"

忒皮卡从几块岩石的后面爬出来,"我在这儿!"

"忒皮卡!"亚兹说,"别暴露你自己!"

"没事的!"忒皮卡微笑着说,"是我们的人。这是来自旧镇孤儿院的拉腊修女,是我们这边的。"

"我一猜就是。"博士自信地走出藏身地,"很高兴见到你,拉腊修女。"她和飞眼前面的空气握了握手,就好像那儿有只手一样。

"你就是那个渎神者。"飞眼说。

"是我。"

"修女,什么事?"忒皮卡问。

"尽快回圣殿报道,修士。"

"为什么?怎么了?"

拉腊回复了,但是信号不太好,亚兹没听懂她说了什么。"你的信号受到了干扰!"她说。

"我是说,麦卡都斯让……所有……信徒于午夜赶到圣殿……甚至包括女人……让女人进圣殿!"

"他让女人进圣殿?"佳雅说。

"哇,事情一定很糟糕。"博士挖苦地补充了一句。

"他说原因了吗?"忒皮卡问。

"没有。只说所有相……美好博士真言的人都必须……参加午夜弥撒。"

"这将会是一场灾难！"亚兹说，"整座旧镇的人都在圣殿里，而普雷正要挖到圣殿下面然后炸了它！"

即使在手电筒微弱的光芒下，也能看到博士的脸变得毫无血色。"地面上如此，地面下亦然。这将是一场大屠杀。"

23

博士愣在那里,好像有什么话想说,有什么话就在嘴边。

"怎么了?"亚兹说。

"不,可能会是一场灾难,但它不会发生,因为我们将阻止它。"

"怎么阻止?"

"我忘记了一件非常重要的事:人们并不傻。这是时间领主爱犯的错误,也是我和他们总是处不好的原因。亚兹!我们有时很容易会认为人们总是随大流,但事实上他们并没有。旧镇的人们不是小绵羊,他们并不傻。"

亚兹就爱看博士切换到比喻模式,"好吧……然后呢?"

"我们得'尽快'赶到圣殿,不管那是什么意思。"

"那是法语。"[1]

---

1. 上文博士说的"尽快"原文为"toot sweet",该词组由法语"tout de suite"演变而来。

"很好,我可是'吉卜林先生'家法式糕点[1]的头号粉丝。"博士走到飞眼面前,"拉腊修女,你能帮我们找一条安全好走的路离开矿井吗?"

"可以。"

"很好。"她转向亚兹,"我需要你做件事,可能会有危险。"

"没问题。"

"你拿着忒皮卡的追踪装置去找普雷。你觉得你可以说服他不要炸掉圣殿吗?"

"我不讨厌他,我觉得他也不讨厌我。我可以试一试。"

"不,"佳雅插嘴道,"他是我爸爸,应该让我去。"

"换作别的日子我会答应你,但我需要你做别的事。"博士说。

"我?"

"你和忒皮卡,还有你,戴娜。我会解释一切,我发誓。但我们要在圣殿还存在的时候赶过去。"

佳雅看起来并不完全信服,但还是点了点头。

"给你,"忒皮卡把追踪装置递给亚兹,"它显示的信息会告诉你离打钻机还有多少米。"

亚兹查看了一下显示屏,信息一目了然。

"注意安全。"博士对她说,"一旦你发现隧道不再安全,

---

[1] 此处博士指的是英国烘焙品牌"吉卜林先生"旗下的一款糕点"法国幻想",这是一种小海绵蛋糕,配有香草味的浇头和彩色糖衣。

那就……"

"快跑。"

"逃命去吧。或者跑去塔迪斯,把她挖出来。进去以后,就算洞穴坍塌你也应该是安全的。"博士拿出音速起子激活追踪装置,直到它发出令人安心的哔哔声。"好啦,连接上了,不管怎样我都能找到塔迪斯了。"

亚兹点点头,"我能做到。"

"对,你当然能。"博士露出灿烂的笑容,然后开始朝反方向走,"队员们快跟上!弥撒可不能迟到!带路吧,你这个像眼睛一样飘在空中的可怕玩意儿。"

格兰姆溜进麦卡都斯的阅读室。门打开时发出嘎吱的声音,他皱起了眉。他依旧能听见远处的叫喊声和匆忙的脚步声,所有人似乎都在朝礼拜堂的方向跑去。幸运的话,他们可能不会发现他逃跑了。

格兰姆可不想吸引别人的注意,他拿起一盏玻璃灯走向书架。巨大的、亮金色的、镶满宝石的《真理之书》就放在专属的柜子里。柜门没锁,他把书拿出来砰的一声放在桌子上,"嗬!真沉啊!"

他翻开第一页。上面是一幅插图,画着人类在他面前鞠躬。真可笑。第一章的名字叫《荒蛮时代》。"起初,灰狼星是一颗荒蛮的星球,上面住着一群名为洛巴人的野狗。真是胡说八道。

这群嗜杀成性的原住民吃自己的幼崽，和近亲结婚，还肆意杀人，毫无怜悯之心。第一批人类带着友善的使命来到灰狼星，教会洛巴人文明社会的生活方式。我的天哪！说真的，谁会信这种鬼话？"

格兰姆记得上次他来这个房间的时候，这里有一只锁着的柜子。他离开桌子，拿着蜡烛走到角落又高又窄的柜子前，华丽的挂锁把门锁上了。"嗯，真想知道麦卡都斯在里面藏了什么秘密？"他小声地自言自语。

他抓住挂锁摇了摇。这东西很结实，而且他怀疑麦卡都斯不会在房间里留钥匙。但他还是低头跑回桌子边，想要在抽屉里找一找，可抽屉也上了锁。非常时期只能采取非常手段。桌子上有一尊半身铜像，格兰姆抓住铜像下巴下面的部位，试着把它拿了起来。虽然很重，但是他还拿得动。

"那就开始吧！"

他使劲把它举过头顶，用力砸向挂锁。铜像把木头饰面砸出了缺口，但挂锁纹丝不动。他咕哝着用力砸了一下又一下。挂锁终于裂开，哐当一声掉在了地上。格兰姆精疲力竭，他松开手里的半身铜像，任它掉在地上滚到角落里。

他用袖子擦了擦额头，然后撬开了柜子。里面的架子上堆满了纸张、日志本和文件夹。在中间的架子上放着看起来很重要的皮质本子，里面厚厚一沓的羊皮纸都快把线缝撑破了。"好了，让我来看看这儿有些什么?"

在之前的慌乱中,有人把车丢在了竞技场门口,莱恩和特罗莫斯便把它开走了。当技工的莱恩永远不会炫耀这件事,他当然知道怎么不用钥匙就让车打着火。原来灰狼星上的车和地球上的车差不多。很明显特罗莫斯现在的状态不宜驾驶,所以莱恩负责开车。

当他们快速驶过旧镇狭窄的街道时,巨大的洛巴人蜷缩成一团坐在前排,紧紧挨着莱恩。这场面有点好笑,他们看起来就像《马里奥赛车》[1]里的人物一样。

不过外面好像发生了什么事。城镇居民都离开了他们的房屋和房车,成群结队地往山上的圣殿走去,有的人还穿着睡衣。"发生了什么?"他问特罗莫斯,但后者没理他。

特罗莫斯裹着僧侣的长袍,还把自己的脸盖住了。他好像紧咬着牙关,他的眼睛眨都不眨一下,只是茫然地盯着前方。

"好吧,"莱恩接着说,"你想怎么干,特罗莫斯?你要怎么闯进监狱?"

"我是特罗莫斯。"他吼道。

"说得也是。"

---

1. 任天堂旗下的一款以马里奥系列人物为背景的赛车游戏。

但当莱恩把车开进港口的时候,他才发现自己根本不需要担心。监狱的正门敞开着,也没有守卫。他把车径直开入广场,缓缓停在大门前面,毫无挑战性。"你知道你要去哪儿拿药吗?"

"监狱的医院。"

"好,我跟你一起去。"奇怪的是,和特罗莫斯待在一起反而让莱恩觉得更安全,而且他的头还在脖子上,总还是好现象。

特罗莫斯闯进去,用他宽厚的肩膀轻易就撞开了大门。门厅里也一样冷清。"守卫都去哪儿了?"

莱恩感觉很有趣,无论他们到了宇宙的哪一个角落,医院及监狱看起来都差不多。"我也想知道!大家都去哪儿了?"连巡逻的飞眼也不见踪影。莱恩俯身向前,越过前台看向一排排监视器。有些屏幕是黑的,莱恩猜应该是先前的袭击造成的,但大多数屏幕仍在工作,显示着囚室里的囚犯。"我看到了囚犯,但没看到守卫。"

"你听。"特罗莫斯咆哮道。

莱恩竖起耳朵,"是教堂的钟声。"

特罗莫斯大步向前,又撞开一扇门为自己开路,"医院。"

"知道啦。"莱恩跟着他穿过狭窄的走廊,然后沿螺旋式楼梯走向地下室。咸味的海风从窗户的窄缝钻进来,在走廊里飘来飘去。

当他们在台阶底下准备转弯时,一名僧侣拿着枪跳了出来,

"不许动,不然我——"

特罗莫斯一把抓住他的喉咙,把他举离了地面。

"特罗莫斯,不要!"莱恩喊道,"放他下来!他只是个孩子!"那名僧侣看起来不过十几岁。"我说,放他下来!"

特罗莫斯的眼中冒着怒火。那名僧侣喘着粗气,喉咙被掐得说不出话,他的双脚在稀薄的空气中抽搐着。

"只有你的行为像头怪物的时候,你才真的是怪物,特罗莫斯。"

特罗莫斯松开爪子让那名僧侣落到地上,莱恩把他的武器踢到走廊边上。"走吧。"莱恩对他说。那名僧侣明智地逃走了。特罗莫斯又一次盯着他的爪子,好像它们并不属于他,好像他从未见过它们一样。

"你不是怪物,特罗莫斯。是他们把你变成这样的。"

"我的痛苦都是因为他们。"特罗莫斯继续往医院的方向走去。

莱恩小跑着跟在他身边,"我们拿到药以后,你会跟我一起去圣殿吗?如果真的有什么事情发生的话,博士一定会去那儿,我知道的。你可以帮忙,帮我们还所有洛巴人自由。"

特罗莫斯停下脚步,他低头看着莱恩,"自由?"

"对。所有洛巴人,还有所有人类都会重获自由。"

一阵沉默过后,特罗莫斯开始大笑不止,继续他的寻药之旅。

"只要人类还活着,洛巴人就永远不会获得自由。"

"你说得不对。"莱恩的喊声回荡在走廊里,"我以前亲眼见过。你们都会重获自由的,你们会的。你已经自由了,是我帮助了你,而我是人类。你能相信我吗?"

特罗莫斯又停下脚步回头看他。莱恩在他的眼睛里看到了答案——他相信。

亚兹孤身一人,边走边爬,在地底下越走越深。途中,她路过了塔迪斯被半掩埋的地方。每走一步,她便更靠近打钻机。这是一项艰巨的任务,有些隧道太窄了,她得扭动着身体才能挤过去。

她头盔上的手电筒光开始慢慢减弱,恐怕很快她就要在绝望的黑暗中摸索前行了,光是想想就让她感到幽闭恐怖。她知道洞穴里的空气还没用尽,但仍无法阻止这个念头进入脑海。

感觉像是走了几个小时,隧道开始逐渐变宽,空气中有一股烧焦的味道。是打钻机,她想,这些隧道是新挖的。

亚兹的脚步又轻快起来。她加快速度,直到可以听到机器的轰鸣声,还能闻到机油的味道。她头盔上的光束照到打钻机背面的金属外壳上。引擎还在工作,但是打钻机没有移动。"普雷?你在吗,普雷?"

她感觉有个又冷又硬的东西抵在了自己的后脑勺上。

"别动,亚兹。"这是普雷的声音,他严肃地说,"你不该下到这里来。"

亚兹闭上双眼,"求你了,普雷。这不是——"

"不是玛利亚想看到的?错了,我们的观点完全一致,我们都希望摧毁圣殿。而我不会让任何人在这个时候阻拦我。"

"普雷……"

"甚至是你。我很抱歉……我没有选择。"

亚兹屏住呼吸,等待疼痛的降临。

24

托都斯圣殿从未容纳过这么多人。座席上,过道里,拱门下,每一寸空间都挤满了男人、女人、孩子,甚至洛巴人仆从。主礼拜堂里出现女人和狗让麦卡都斯十分不安,但这是非凡的时刻,他需要采取特殊举措。

麦卡都斯穿着他最好的礼袍,迈步走向金色的讲坛。台下不安的讨论声喧嚣嘈杂。他抬起手,"肃静,我忠诚的子民们,一切都会得到解释。"会众一时间鸦雀无声。"感谢你们在午夜来到圣殿。"

一阵寒冷的夜风从破碎的窗口吹进来,将他稀疏的头发吹到脸上。

"阁下?"卡佩内拉嬷嬷问,"灰狼星正在发生什么?我们安全吗?"她是圣殿里最年长的女性,她布满皱纹的脸从白色的兜帽下显露出来。

"冷静点,女人。"他看向整个礼拜堂,"就在今夜,就在这座圣殿里,美好博士显灵了。"

会众倒吸了一口凉气。

"不是来自那些假装天神的骗子,不!是美好博士不可见的圣灵赐福于我。我祈求他给我一个征兆,他回应了。"

他这番话又一次在会众中引发一阵骚动。

"肃静!请肃静!在黎明之前我们有很多事要做。众所周知,《真理之书》写得很清楚。它简单明了地告诉我们,美好博士会在灰狼星毁灭之日再度归来。届时,遵从他神圣教导的人将在托都斯国度获得永生。"

对信徒们来说,这些内容他们早已熟知了。这是人们教给孩子的第一课:如果你恭顺听话,按照《真理之书》的话做,你就会永生。

"子民们,灰狼星在经受了瘟疫、战争和恐怖的洗礼后幸存了下来。但现在大地开始坍塌,我们站立的土地在腐坏,在我们脚下垮塌。"麦卡都斯吸了口气,"这是灰狼星最后的日子了。"

会众都猛地倒吸一口凉气。

"不必恐惧!不必恐惧,我的子民们。我们一直都知道这一天将会来临,如果你的信念纯洁,你的心就不必害怕。我们一直都知道真正的乐园是托都斯之地,是远超肉体之苦的地方。子民们,我们将永世漫游于时空之中!"

麦卡都斯向格莱佐斯修士示意,后者拿着华丽的金色玻璃酒瓶走上前来,瓶中装有仪式之酒。钟在午夜敲响了,博士之日到来了。

"是的,子民们。今夜的弥撒将是最后一回,我们将最后一次共饮圣酒。"他往红宝石高脚杯里倒了点酒,"也欢迎忠诚的洛巴人奴隶和我们一起进入来生。在这个无比神圣的日子里,我们最终将同灰狼星告别。博士之日已经到来而——"

"是在说我吗?"有人打断了他的话。在横厅中间,有一名戴着兜帽的修士从人群中站了出来,他用魔术师般夸张的动作一把脱下长袍。

是她,是那个渎神者。

"嗨,大家好!"她说,"我想该轮到我了。"

亚兹的手腕戴上了手铐,她环抱着贯穿打钻机驾驶舱前部的栏杆。打钻机在崎岖不平的地面上颠簸,缓慢而有序地开凿着周围的隧道。"普雷,停下。"她说。

"如果你不离开,那就没有其他选择。"他在驾驶舱里对她说,"别说我没给你出去的机会。"

他用枪抵着她的脑袋,想要逼她离开,但他低估了亚兹会有多固执。说实话,亚兹从不相信普雷真的会冷血地杀了她。

"这不是理智的行为,普雷。你不必这么做。"

"这种情况已经持续了太长时间,"普雷说,"就这样说吧,我相信你关于时间旅行的荒诞故事……你只是顺便来访,然后又会离开。而我一生都生活在灰狼星上,以二等公民——一条狗——的身份活着。圣殿应该为如此多披着美好外表的恶行负责。"

"但你想一想!你会把你自己也炸飞的!佳雅怎么办?"

"她的爸爸会成为殉道者。"

"她的爸爸会成为死人。"亚兹嘘声道,"她今天已经失去了妈妈,不要再让她变成孤儿了。我知道你很伤心,玛利亚很……和善,也很棒。但她想让你陪着佳雅,你知道的,她亲口说的!"

她看到他眼中闪过一丝犹豫。

"不,这是我们的机会。"

"普雷,如果你引爆炸药,旧镇的数百名居民都会死去。这对你有什么好处?几百人啊!"

"我的理由是正当的。"

手铐勒着她的手腕。"他们是无辜的,普雷!这绝不正当。杀戮从没正当理由可言!"她开始大喊,什么也不在乎了。

普雷熄了火。打钻机的引擎嘎吱嘎吱地停了下来。

"我们就位了。"

"普雷……"

"给你最后一次机会。我现在放你走,如果你跑得够快,也许还能在我引爆的时候刚好跑出矿井。"

"不!只要你在这儿,我就在这儿。"

"如你所愿,傻瓜。"

一个声音在黑暗的隧道里响起:"我想该轮到我了。"

"博士?"亚兹说着转身向后看。

普雷从驾驶舱里跳下来,"出来!"

一团光亮沿着隧道飞向他们,来的并不是博士,而是飞眼。它的声音听起来有些杂音,但它转播着博士的话,不管她现在在哪儿。

"这是什么?"普雷吼道。

"是博士。"亚兹的脸上突然露出一抹微笑。

"杀了她!"麦卡都斯伸出颤抖的手指对准博士。

"来啊!"博士走到祭坛中央,"如果你们真的想看什么神迹,那就开枪吧!我可会一点儿宴会的小把戏……"

但是没有一个守卫或僧侣上前去杀她。相反,他们都充满疑惑,踌躇不前。

"你们还在等什么?!"

似乎没有守卫想在圣殿开火。

"哦,麦基,你说话不管用了。无论是杀了我的命令,还是喝毒酒的鼓动,都没有你想的那么有吸引力。"

"捂上你们的耳朵,不许听她的谎话!"麦卡都斯喝令道。

"我为什么要撒谎?"博士猛地转身,开始向旧镇的人们讲话,"我好像还没做自我介绍,我是博士。"

会众面面相觑，一头雾水。

"我懂，我懂。圣殿告诉你们本该是一个穿着外套的坏脾气老头儿来解救你们，但那不是我。哦，我有好多张面孔，但我一直都在，我传达的信息也一直都在。"

"什么信息？"麦卡都斯在讲坛上冷笑道。

"希望。"博士说，"总是希望。这一切并不是结束，灰狼星的人们，这可能是上一章的结束，但也是新篇章——更好的篇章的开始。"

现在，会众看起来更疑惑了。

"不要被这个恶毒的女人迷惑了！"麦卡都斯瞪得眼珠都要蹦出来了。

"听我说，我和我的朋友们的确曾来过这里。上一次我传达的也是同一个信息，而且我帮助了他们，那才是我做的事。六百年前，当我离开灰狼星的时候，人类移民和洛巴人原住民同意共同享有管理这颗星球的权力。"

她的话引得众人倒吸一口凉气。

"说谎！"后排有个男人起哄道。

"杂种狗。"一位老妇人疑惑地吸了口气。

"她说的是真的！"又一个声音在礼拜堂里回响。格兰姆从其中一间偏厅跟跟跄跄地走进走廊，他背靠着石拱门，"哎呀，这里的阶梯怎么这么多。"

"看！那是格兰姆！上次走之前，我们拍了张照片，似乎有人觉得他的脸很适合来演绎你们美好博士的形象。但不是的，他只是我最好的格兰姆。"博士拍拍手，"你跑哪儿去了？你错过了鼓舞人心的重要演讲。"

格兰姆举起皮质本子，费力地喘着气，"我找到了这个！"

"拦住他！"麦卡都斯厉声道。但又一次，圣殿守卫面露困惑。

"啊哈，你找到什么了？"博士说，"大家挪一挪，让他过来。"

众人听从了博士的话，他们让出一条路，让格兰姆走到祭坛前。

"我不会容忍这种行为！"麦卡都斯的唾沫喷到了空中，"守卫，抓住他们！"

"或者……"博士竖起一根手指，"谁想看看格兰姆发现了什么有趣的东西？我打赌肯定很有料。"

"他们没烧……"格兰姆气喘吁吁地说。

"没烧什么？"

"史书。他们没烧，只是把书秘密地藏起来了。"

他递给博士一个旧本子，还有一些被烧毁了部分的文件。博士快速地扫了一眼，"很好，你们想看看吗？灰狼星的人们，你们的圣殿不但骗了你们，而且还是故意这么做。这恰恰改变了一切，对吗？"

"闭嘴！"麦卡都斯匆匆冲下讲坛，不料踩到自己的长袍绊了一跤，直接从最后几级台阶上滚了下去。

"绝不！"博士喊道，"灰狼星上的所有人，现在都听我说！"

在矿井里，亚兹和普雷在听。

在旧镇蜿蜒的街道上，飞眼们都停在了空中。戴娜在港口伪装成渔船的地方控制着每一架飞眼，让它们转播这个陌生女人的讲话。

男人、女人和孩子，无论是人类还是洛巴人，都从床上爬起来，走出家门来听她讲话。醉醺醺的水手和渔夫在听。酒馆里的客人也在听。

所有人都在听。

25

博士高高举起那摞手稿,不让大祭司碰到,"麦基,你们几个世纪以前就该把这些销毁了,但我猜把秘密藏起来更令人无法抗拒,对吧?灰狼星的人们,我手里拿着一份六百年前由我帮忙促成的和平协议。签署的内容已经写进法律,这颗星球的权力应当由人类和洛巴人共享。在任何时候,灰狼星都由两个种族一起统治。"

在教堂里,人类气愤地回应着。

"停!"博士说,"如果坐在这里的人类认为你们的基因优于洛巴人,那你们就大错特错了。六百年前,你们是处于困境的可悲的移民。人类之所以幸存,是因为洛巴人热心地接纳了你们。其余的说法全是谎言。现在你们知道真相了,你们该怎么做?"

在外面的街道上,洛巴人几乎不敢相信自己听到的话。那些谣言……那些童话……难道是真的?洛巴人不是生来就是奴隶?

格兰姆看到一名僧侣走出人群。他放下兜帽,格兰姆认出那是奥内德神父。"麦卡都斯,这是真的吗?"格兰姆想,这意味着只有大祭司才有权看到这些古代文献，看到真相。

"胡说！"麦卡都斯厉声道，"看看古代历史！我们都知道人类和洛巴人厮混在一起发生了什么。那场瘟疫几乎消灭了整颗星球的人！"

"是啊，这种说辞挺省事的，对吗？"博士说，"但有意思的是，我对你们未经处理的水源做了个小测试，在里面发现了某种 F 型细菌。这种细菌少量存在的话对人没什么伤害，但偶尔产生的变种会让人出现非常非常严重的腹痛。"每次麦卡都斯从博士的手里抢走文件，博士都把它们一把拿回。

会众看起来很疑惑。

"你是说他们只是食物中毒，"格兰姆问，"或者至少是水中毒？"

"差不多是这样，尽管灾情很严重，一定是未经处理的水进入供水系统了。我告诉你们，那不是什么……复仇之神让你们丧命，只是普通的疾病。"

麦卡都斯向前一步，向圣殿里的众人大声喊话："不！那是罪孽，是人类和洛巴人犯了戒律，厮混在一起而引发的瘟疫！"

"胡说八道！"博士说，"如果真是那样，你该如何解释我朋友的情况。佳雅？"

博士示意她出来，佳雅脱掉长袍连忙跑上台。一名半人类半洛巴人的女性出现在圣殿里，真是灰狼星的大日子，格兰姆想。

"佳雅，你好吗？"

"我很好。"

"你比很好可好得多，你很完美。"博士用双手捧着她漂亮的脸蛋，然后转向会众，"佳雅有一位人类母亲和一位洛巴人父亲，而她本人则要和僧侣结婚了。"

在会众陷入惊慌的时候，忒皮卡跑到了佳雅身边。"前僧侣，"他说，"我不想再参与这个谎言了。"

"听啊！"博士说，"实际上不是听，看啊！"

佳雅握住忒皮卡的手。

圣殿终于安静下来。

"你们只需看看，他们的爱没有伤害任何人。"博士微笑着说，"展望未来，回首过去。始终要回首过去，可是过去的事还是留在过去吧。"

在地底深处，亚兹看到普雷正盯着飞眼。尽管背对着她，她还是看到他举起一只爪子放在脸上，像是在擦眼泪。

"我们可以过去和他们在一起，你知道吗？"亚兹说。

"但是玛利亚不能了。"

亚兹想走到他那儿去，却忘了自己还铐在打钻机上。她摇摇头，"不是这样的。在我外公去世的时候我妈妈曾告诉我，我的心里会一直装着他。当我们失去所爱之人以后，不管我们在哪儿都会带着他们。我们永远不会忘记他们。"

普雷转身看着她。

"玛利亚会陪在你的身边,陪在佳雅的身边。她一直都在。"亚兹朝打钻机点点头,"而你也应该陪在佳雅的身边。"

普雷移开目光,看向装着炸药的箱子。

"我爱你。"忒皮卡终于把他的未婚妻搂在胸前,让所有人都看到,"而且我没什么难为情的。"

"你们在灰狼星上还要活很久呢。"博士说。

"那地震是怎么回事?"奥内德问。

"是抵抗军干的,不是美好博士!"博士翻了个白眼,"抵抗军挖掘地基想要推翻圣殿,真的是字面意思。故意破坏,显而易见,并不是神的行为。"她从格莱佐斯修士手里一把抓起酒瓶,把它扔出窗外,"我觉得我们今天不会喝了,谢谢。"

格兰姆转身看到麦卡都斯手里拿着高脚杯,他温柔地说:"麦卡都斯,伙计,听着,会没事的好吗?先把杯子放下。"

众人似乎已经精疲力竭,有太多信息需要消化了。他们曾熟知的一切现在都受到了质疑。

忽然,一声巨响打破了沉默,礼拜堂的正门被撞得粉碎。特罗莫斯的身体填满了门口,莱恩就跟在他的后面。

"莱恩!"博士高兴地喊道。

但特罗莫斯并不高兴。"是你干的。"他直接指向麦卡都斯，"你对特罗莫斯做了这一切！这么多年的痛苦！"

这个巨大的洛巴人冲向中间的过道。人们尖叫着闪开，一个压在了另一个的身上。特罗莫斯咆哮一声，唾沫从尖牙上喷了出来。

"不要！"博士叫道。

特罗莫斯准备把麦卡都斯撕成碎片。

26

特罗莫斯正向祭坛飞奔而来。

"博士?"格兰姆边说边往后退。

"祷告吧,格兰姆。"博士喃喃道。她冲过祭坛,一把抓住麦卡都斯的后背,她的胳膊环抱在他的胸前。

"放开我!你在干什么?"

"救你的命。"

博士拿出音速起子把它激活。一阵尖锐的嗡嗡声后,音速起子开始闪光。特罗莫斯已经来到几米开外,朝祭坛猛地扑过来。博士紧闭双眼,然后……

格兰姆听到一阵熟悉的刺耳摩擦声。伴随着闪烁的蓝光,一个长方体形的东西在博士和麦卡都斯的周围显形。随着光的闪烁,它变得越来越具象,直到塔迪斯出现在他们刚才站的地方。

特罗莫斯滑行着刹住脚步,停在了蓝盒子前面。他的眼睛睁大了。

格兰姆看了看众人,他们的嘴巴都张得大大的,眼睛眨都不眨一下。

莱恩终于跟上了特罗莫斯,"你们在干吗?住手!"几名守卫用枪对准特罗莫斯。"他很冷静。"莱恩对他们说,"你们冷静吗?"

特罗莫斯咆哮着握紧拳头。

"你必须冷静下来,不然他们会杀了你的。"

特罗莫斯冲莱恩的脸上咆哮,他的口气可不太好闻。

"你现在自由了,别搞砸了。"

特罗莫斯挫败地捶打着塔迪斯,但莱恩感觉他冷静下来了。"冷静,"他拍了拍特罗莫斯的背,"做得好!"

一名僧侣在塔迪斯面前跪倒。"这是神迹!"他宣告,"美好博士归来了!"

门嘎吱一声打开,博士从里面走了出来。"这绝对不是什么神迹。"说着,她把那名僧侣从地上拉起来。麦卡都斯跟在博士身后从塔迪斯里走出来,他的眼睛睁得很大,满是难以置信的神色。

"现在听好了,"博士继续说,"我们最后一次说清楚,有人在记吗?我不是神,我是博士,我只是来帮忙的。明白了吗?不要跪着了!赶紧站起来!"守卫和僧侣不情愿地照做了。

她走向讲坛,莱恩和格兰姆跟在她身后。

"从今天起,你们可以用和平的方式自由地敬拜你们的神,但洛巴人是自由且平等的。"她压低嗓音,变得十分严肃,"如果你们不接受这一点,你们会希望我是美好博士的,因为我会再次归来,然后真正的惩戒就会降临。"

有些人吓得面色苍白。

博士转向格兰姆和莱恩。她俯身对他们耳语道:"听起来够吓人吗?你们觉得他们会听话吗?"她欢快地问。

"会的,"莱恩说,"我都吓到了。"

"太好了。我还担心不够夸张呢。"

高脚杯落在大理石地面上的当啷声打断了他们的对话。杯子滚下台阶,里面已经空了。麦卡都斯握住自己的喉咙。

"麦基!"博士从讲坛飞跑下台阶,"你何必要这么做呢?"

麦卡都斯用一种十分刻薄憎恨的眼神看着博士,"我不会生活在你们的世界上。"

博士的表情由怜悯转为无可奈何,"我想这是你的选择。这个世界正在发生变化,麦卡都斯,变得更好了。要说我懂得什么的话,那便是:万物都在变化,没有什么能保持原样。"

麦卡都斯感到窒息,他跪了下来,整个身体都变得僵硬起来。然后,他像被锯断的树木一般侧身倒地。

"不!"博士在他身边跪下,检查了他的脉搏,然后阖上了他的眼皮。她闭上眼摇摇头,"不必这样的。"

"佳雅!"一个声音打破了死一般的沉寂。

格兰姆看到一个高大的洛巴人穿着脏兮兮的连体服,站在特罗莫斯先前撞门的地方,而亚兹就站在他的身边。格兰姆的心激动得狂跳!亚兹平安无恙!她看上去需要马上洗个澡,但状态很好。

两人沿着过道跑了过来,洛巴人紧紧抱住佳雅。

"爸爸,我爱你。"

"我真抱歉。"洛巴人喃喃道。格兰姆想知道自己错过了什么。

"你快过来。"博士说着给了亚兹一个大大的拥抱,"你做到了!我就知道你能行。"她示意格兰姆和莱恩也过来,"来啊,集体拥抱!"

格兰姆和莱恩也抱了上来。"不过等等,博士。那个该死的盒子有遥控器?是从什么时候开始的?"

博士耸耸肩,"如果我的塔迪斯能正常工作的话,每次都可以遥控。我试着把这个功能修好来着,从……好吧……从一开始,不过几乎不起作用。但我想,我们站的地方差不多就在它的正上方。不仅在范围之内,而且之前还连接过,所以我想这值得一试。说实话,我没想到真的起作用了。"

"那你有备用计划吗?"莱恩问。

博士咧嘴笑了,"没有。"她拍了拍塔迪斯,"但我相信老姑娘。今天我们学到了什么?有时候一点信任就足够了。"

"行了。"亚兹顽皮地说,"这次有人落下什么东西吗?"

她意有所指地瞥了莱恩一眼。

"我们还没到走的时候呢。"博士说,"这次我们不能留下任何有待商榷的东西。"

27

圣殿顶层有一间宏伟的会议室,房间正中有一处壮观的石圈。会议桌旁围坐着代表灰狼星未来的一群人,还有博士和她的朋友们。

"麦卡都斯死了,"博士用柔和的语气说,"但依然有非常多的人类需要为洛巴人奴隶制负责。圣殿难辞其咎。"

奥内德神父代表圣殿说:"我会展开调查,看看还有谁知道和平协议的真相。"

"这远远不够。"普雷说。特罗莫斯安静地坐在他旁边。距离博士之日已经过去三天,由于之前在监狱里服用了太多药剂,特罗莫斯还遭受着戒断反应的折磨,他不停地流汗颤抖,但博士说他会没事的。

"有点困难。"博士说,"有些人类不想放走他们的奴仆,他们从小到大都以为那是真相。需要有人去说服他们。"

"我们会用尽圣殿所有人力去实施的。"奥内德坚定地说,"这个巨大的蓝盒子会成为和平、希望和团结的象征,我保证。"

毕默思·贝伦终于开口了，"我、灰狼星上的其他市长会继续和圣殿一起工作，迎接这个新的时代。不过，我也正在展开调查，看看圣殿还有没有在我的眼皮底下藏着其他秘密。"

奥内德点点头，"我们会通力配合的。"

"嗯，我喜欢这话。"博士说，"如果我得给你们留点什么，就留下这个吧。"

普雷清了清嗓子，"我已经吩咐我的人开始加固旧矿井，但愿先前的毁坏是可逆的。"

"那由谁来掌控大权呢，圣殿还是市长？"亚兹问。

"你们需要的是可以监督两边的人，我觉得忒皮卡和佳雅可能合适。"博士建议道，"忒皮卡来自圣殿，佳雅则是抵抗军的后代，简直登对。你们觉得呢？准备好迎接挑战了吗？"

这对年轻的情侣在桌子上拉起手。"当然，"忒皮卡说，"只要佳雅在我身边，我就无所不能。"

佳雅笑了，"你有时候太感情用事了。是的，我们准备好了，这应该也是我妈妈想要看到的。"

"是啊！"普雷赞同道。

一小队飞眼在房间的角落上空盘旋，记录了全过程。"如果这样的话，只剩一件事要做了。"博士说，"当着灰狼星所有人的面，也为了给后世子孙留下记录，你们愿意签署停火协议吗？一份新的和平协议？"

普雷代表洛巴人原住民先签下名字，奥内德神父代表人类移民也在羊皮纸上签下了名字。

博士看着格兰姆，两人相视一笑。"这一次，"格兰姆说，"当你们讲述这个故事的时候，记得告诉人们正确的版本。"

尾 声

六百年后……

卡丝特尔为雷米尼掖好被角,"现在躺好,我亲爱的孩子。"

"那故事的结尾是什么呢?"

她揉了揉他的毛发,"你很清楚故事是如何结尾的。"

"我喜欢听你讲。"

卡丝特尔叹了口气,这样熟悉的拉锯战每晚睡前都要进行一次。今晚的天气温暖惬意,她把窗户留了条小缝。她能听到远处的格兰姆湾传来海浪拍打在鹅卵石上的声音,她一直觉得那声音很令人安心。"博士把塔迪斯停在了奥兹大王[1]上面,灰狼星再一次恢复自由了。忒皮卡国王和佳雅女王统治了一百年,从此开启了和谐的黄金时代。"

"然后所有人从此过着幸福快乐的生活?"

"所有人从此过着幸福快乐的生活!"

1.《绿野仙踪》中的主要角色。魔法师奥兹大王是翡翠城的国王,实际上是一个又老又秃的大骗子。

"那博士呢？她怎么样了？"

"你知道博士在哪儿！"卡丝特尔亲了亲他的鼻尖，"无论哪里有人遇到了麻烦，哪里有危险；无论哪里有暴行和偏见，哪里有疯狂的国王和邪恶的暴君，博士和她的朋友们都会到那里去帮助那些最需要她的人。"

她俯身越过雷米尼，打开了夜灯。光开始在房间里打转。

"好了，故事讲完了。睡觉吧，小家伙。"

雷米尼平躺下来，看着天花板上一道小小的蓝盒子剪影从群星中飞过。